Variations insolites sur le voyage

Variations insolites

# sur le voyage

Gérald Berche-Ngô

COSMOPOLE

***Dans la même collection***

*Andalousie • Argentine • Australie • Barcelone • Belgique • Berlin • Birmanie • Bretagne • Californie • Cambodge • Cap-Vert • Chine • Corée du Sud • Corse • Crète • Cuba • Écosse • Égypte • Finlande • Florence • Floride • Grèce • Hongrie • Inde • Inde du Sud • Indonésie • Irlande • Islande • Italie • Japon • Jérusalem • Liban • Lisbonne • Londres • Madagascar • Madrid • Malaisie • Maroc • Mexique • Naples • New York • Norvège • Nouvelle-Zélande • Pays baltes • Pays basque • Québec • Rome • Roumanie • Russie • Sénégal • Sicile • Sri Lanka • Suède • Tahiti • Tel Aviv • Thaïlande • Venise • Vietnam*

*Collection dirigée par Patrick Arfi et Vanessa Pignarre.*
*Conception graphique : Amélie Pignarre.*


*ISBN 978-2-84630-103-9*
*www.editionscosmopole.com – contact@editionscosmopole.com*

Né au Vietnam, Gérald Berche-Ngô a grandi en France. Il a voyagé dans une trentaine de pays, vécu en République tchèque, en Irlande du Nord, au Chili, et réside à Bruxelles depuis 2005. Il est également l'auteur du *Dictionnaire insolite de la Belgique* (éditions Cosmopole, 2012) et le co-auteur du *Guide Évasion Vietnam* (Hachette, 2013).

*Merci à mes amis relecteurs et « têtes chercheuses »,*
*Ann Gilson, David Leduc,*
*Jérôme Perrin et Laurent Point.*

« Voyager, c'est bien utile, ça fait travailler l'imagination. »
Louis-Ferdinand Céline

# *Le voyage aux mille visages*

*Voyage sur la Lune, à la montagne, à la mer*
*Dans des déserts de sel, dans des villes surpeuplées*
*Des hôtels cinq étoiles et des pays en guerre*
*Voyage initiatique, immobile ou organisé*
*Voyage « aux quatre coins du monde » qui n'existent pas*
*Voyage à trottinette, à la nage sans jambes et sans bras*
*Voyage dans les atlas, dans la littérature*
*Dans un autobus qui roule à l'huile de friture*
*Voyage à pied, à poney, en avion, en tracteur*
*Tel un anthropologue, tel un explorateur*
*Pour aller vérifier le monde de nos propres yeux*
*Enfants émerveillés ou imbéciles heureux*
*Voyage par curiosité, lâcheté, ennui*
*Pour perdre nos repères dans la géographie*
*Reculer nos frontières, devenir étranger*
*Aller à la rencontre de l'autre pour nous trouver*
*Voyage pour rapporter des souvenirs débiles*
*Des marques sur la peau, rouges ou indélébiles*
*Voyage pour nous faire greffer de nouveaux organes*
*Louer des utérus à de jolies jeunes femmes*
*Voyage en solitaire sur l'océan fermé*
*Les cheveux dans le vent et les yeux stupéfiés*
*Voyage pour le plaisir d'écrire des cartes postales*
*Pour notre éducation sexuelle et sentimentale*
*Voyage à la recherche d'une nouvelle mémoire*
*Pour mieux nous voir, pour nous mouvoir, nous émouvoir*

*Voyage pour visiter terres sacrées et lieux saints*
*Jusqu'à la nuit muette, au générique de fin*
*Voyage par obligation, fierté, défi*
*Voyage pour simplement vivre notre vie*
*Voyage sans trêve, en rêve, en imagination*
*Voyage où un jour nous partons*
*Nous sommes partis*
*Nous partirons*
*Partout*
*N'importe comment*
*Pour faire n'importe quoi.*



*NDE. Les mots suivis d'un astérisque font l'objet d'une entrée.*

# A

## AILLEURS

Lieu infini et indéfini où tous les voyagistes voudraient nous envoyer, peut-être pour qu'on aille voir s'ils y sont. L'air y est paraît-il plus pur, l'herbe plus verte et les vaches mieux gardées.

Exemple : « L'obsession de l'ailleurs, c'est l'impossibilité de l'instant. » (Ainsi parlait Cioran.)

## AU VOLEUR !



D'après une enquête de *www.lastminute.com*, réalisée auprès de 500 établissements hôteliers à travers le monde, un touriste sur dix vole dans sa chambre d'hôtel. Les serviettes de bain, peignoirs, produits de toilette et autres stylos sont sans surprise les objets qui disparaissent le plus mais, à côté de ces grands classiques, on trouve des choses nettement plus insolites. 16 % des clients volent les téléviseurs, 9 % les ampoules électriques, 4 % les ordinateurs, 3 % les plantes vertes et les fleurs, y compris celles en plastique. D'autres découpent la moquette, arrachent les rideaux, dévissent les pommeaux de douche ou s'en vont avec les accroche-porte « Ne pas déranger » et les lunettes des WC ! Dans les palaces, certains dérobent même les objets de déco et les œuvres d'art : des chandeliers au Shangri-La de Hong Kong, une tête de sanglier empaillée à l'Hôtel du Vin de Birmingham et, à l'hôtel W de Kowloon, un tableau original d'Andy Warhol d'une valeur de 300 000 dollars. Au Four Seasons Beverly Wilshire (l'hôtel du film *Pretty Woman* à Beverly Hills), un homme – certainement un bûcheron romantique – a même réussi l'exploit d'arracher la cheminée en marbre de sa suite ! Et dans un Holiday Inn, un couple qui voyageait en camion (et avait spécifiquement exigé une chambre proche du parking) a carrément volé tout ce qu'il y avait dedans : lit, meubles, cabine de douche, télévision, matériel électroménager, etc. Pour finir, on notera que, selon un autre sondage réalisé par le site *www.hotels.com*, les Français occupent la neuvième position mondiale au classement des voleurs-voyageurs.



## *AUTHENTIQUE*

L'« authentique », c'est comme la nostalgie : c'était mieux avant. Oui mais avant quoi, avant quand ? L'*Homo sapiens* est-il moins authentique que l'*Homo neanderthalensis*, lui-même moins authentique que l'*Homo erectus*, lui-même moins authentique que l'*Homo habilis*, lui-même moins authentique que Dieu ?

Exemple : « Dans la brochure de l'agence de voyages, on nous promettait de partir à la rencontre d'une tribu amazonienne authentique. On a été déçu. Ils ne ressemblaient pas à ceux qu'on voit à la télé. »

## *AUTOROUTE*

L'autoroute des vacances, l'autoroute du soleil, l'autoroute du « C'est quand qu'on arrive ? » Le ruban d'asphalte où commence le tout premier voyage qu'on fait avec ses parents, pas trop loin, à quelques centaines de kilomètres seulement, jusqu'à la mer et la plage, jusqu'aux copains du camping. Après le péage, on s'y engage, on y roule à 130 km/h, on s'arrête sur une aire pour faire le plein d'essence et se vider la vessie, manger un sandwich triangle insipide, et puis on en ressort. On n'y a rien vécu, à part l'écoulement du temps et le déroulement de l'espace. C'est après que l'aventure et les vacances commencent. Ou peut-être pas... Car ce passage obligé pour tous ceux qui partent en voiture, à moto ou en camping-car n'est pas aussi dénué d'intérêt qu'il paraît. Des écrivains Julio Cortázar et Carol Dunlop (auteurs des *Autonautes de la cosmoroute*, journal de bord d'un voyage de trente-deux jours effectué sur l'A6 en 1982) à la plasticienne Sophie Calle (en 2014, déguisée en employée, elle a passé toute une nuit dans la cabine 7 du péage de Saint-Arnoult et demandait aux gens « Où pourriez-vous m'emmener? »), ou encore les pionniers allemands de la musique électronique – Kraftwerk – et leur album *Autobahn* (1974), les artistes ne s'y sont pas trompés : l'autoroute est un monde fantasmatique et inspirant, un espace archétypal du déplacement contemporain et, donc, du voyage.

En France, c'est dans les années 1970 que les pouvoirs publics commencent à essayer d'embellir l'environnement et les infrastructures du réseau – jusque-là univers clos, linéaire et monotone – grâce à la « signalisation d'animation culturelle et touristique ». En présentant des panneaux qui insistent sur les traits remarquables des régions traversées et informent des richesses culturelles et économiques de celles-ci, ils transforment le voyageur en spectateur. Son regard n'est plus passif, il est contemplatif. Les autoroutes deviennent des domaines touristiques, avec leurs petits temples de la consommation et leurs petits parcs d'attraction (les aires de repos et de services), leurs musées à l'air libre (les sculptures monumentales le long des voies) et leurs « dépendances vertes » (les accotements, fossés et bordures herbacées et arbustives). Elles sont aussi des lieux de rencontre, de « romance d'aujourd'hui » comme le chante Michel Fugain en 1972 dans *Une belle histoire*, la première ritournelle sentimentale du revêtement bitumé. Depuis, c'est d'ailleurs devenu une réalité que personne n'ignore : l'amour est potentiellement au rendez-vous sur les parkings ou dans les toilettes des aires de repos, tarifé ou pas...



Dans un futur très proche, l'autoroute sera intelligente et connectée. C'est en tout cas le pari de l'agence de design néerlandaise Studio Roosegaarde, actuellement occupée à peaufiner *Glowing lines*, un système de marquage au sol luminescent ressemblant étrangement à celui du film de science-fiction *Tron*. Ce procédé permettra des économies d'énergie puisque la peinture, mélangée à une poudre photo-luminescente, absorbe la lumière le jour pour la restituer la nuit. Un tronçon de 500 mètres de cette autoroute rétro-éclairée est déjà opérationnel près de la ville d'Oss aux Pays-Bas.

Autres innovations à venir : un champ électrostatique qui aspirera le brouillard ; un système d'éclairage éolien qui détectera les mouvements d'air provoqués par les véhicules et s'activera uniquement quand il y a de la circulation ; une voie réservée au rechargement par induction (transmission de courant sans fil), où les voitures électriques pourront refaire le plein d'énergie tout en continuant à rouler; une peinture faisant apparaître sur l'asphalte des flocons de neige qui s'illuminent quand la chaussée est verglacée; des flèches indiquant la distance avec les véhicules les plus proches comme dans les jeux vidéo, etc.

Très prochainement aussi, la conduite devrait être entièrement automatisée et plus personne n'aura besoin d'être au volant. L'automobile se déplacera soit par guidage optique, soit grâce à un boîtier électronique installé dans l'habitacle et sélectionnera elle-même sa vitesse, calculera les distances afin d'éviter les obstacles, etc. Que restera-t-il alors à faire aux adultes qui auparavant conduisaient? Lancer des carapaces de tortue ou des peaux de banane sur les autres véhicules comme dans Mario Kart? Demander à leur GPS « C'est quand qu'on arrive? »



## *AUX QUATRE COINS DU MONDE*

Cela fait très longtemps que les humains savent que la terre est ronde et non plate ou carrée, probablement depuis le V^e^ siècle avant J.-C. (bien avant Galilée, donc). Pourtant, dans le langage commun, elle a bizarrement encore des coins.

Exemple: « Contorsionniste cherche humoriste pour aller se plier en deux aux quatre coins du monde. »

# B

## *BACKPACKER*

Dans l'imaginaire collectif occidental, le *backpacker* – héritier des beatniks et autres routards des années 1950-1970 – est une créature « assoiffée d'ailleurs », mi-homme mi-sac à dos Quechua* de 60 litres (*backpack* signifie « sac à dos » en anglais). Ce néo-hippie ne jure que par le DIY (*Do It Yourself*, « fais-le toi-même ») et la bourlingue hors des sentiers battus*, mais de préférence pas trop loin d'internet et des réseaux sociaux (il emporte d'ailleurs toujours avec lui une casquette qui clignote lorsqu'elle détecte un réseau wifi – et oui, ça existe !). Transporter ses affaires dans une valise à roulettes*, séjourner dans un club de vacances ou effectuer une visite guidée en groupe serait pour lui un sacrilège contraire à son code d'honneur. Son périple, il l'exige rempli d'aventures extraordinaires, *eco-friendly*, à visage humain et à petit prix. Jeune (moins de 30 ans) et avec un budget limité même s'il a dans son sac à dos un iPhone et un MacBook Pro à 2000 euros, il dort dans des auberges de jeunesse ou fait du *couchsurfing**, se déplace avec les moyens de transport locaux ou en stop et cherche absolument à se différencier du Touriste. Or, si son *road trip* ressemble effectivement plus à un voyage initiatique à la découverte de soi et du monde qu'un séjour *all inclusive* dans un *resort* tunisien, le *backpacker* n'est peut-être finalement lui aussi qu'une variété de touriste, que l'on pourrait appeler « le nomade de loisir » ou, en hommage à son idole Jack Kerouac, « le clochard céleste des vacances scolaires ».

## *BESOIN D'ÉVASION*

Expression de bagnard empruntée à Steve McQueen et mise à la mode par les tour-opérateurs et les guides de voyage. Le grand rêve de tous les travailleurs exténués.

Exemple : « Le septième jour, Dieu avait achevé l'œuvre qu'il avait faite. Il se reposa, il avait besoin d'évasion. »

## *BISON FUTÉ*



Il a failli être un dauphin, une girafe prénommée Ginette, un oiseau avec de grosses jumelles, un lapin ou même pire… une tortue ! Il ne voit que le vert, l'orange, le rouge, le noir et, malgré son nom, ce n'est ni un bovidé sauvage parcourant les steppes américaines ni un ruminant transhumant dans les forêts d'Europe. Pourtant, Bison futé est un personnage emblématique du voyage. Né en 1976, un an après un été catastrophique sur les routes de France (145 morts et 60 000 véhicules arrêtés sur une distance cumulée de 600 kilomètres), le petit Indien qui joue du tam-tam est un infatigable pisteur sur macadam. Super-héros omniscient qui connaît par cœur toutes les bretelles et les ceintures du réseau autoroutier hexagonal, il prédit les embouteillages lors des week-ends et départs en vacances depuis quarante ans. Et même si, selon un sondage du magazine *Auto Plus*, seulement 51,5 % des Français continuent à l'écouter avant de prendre la route et à peine 16 % d'entre eux suivent encore ses conseils, les GPS et autres applications gratuites d'info-trafic n'ont toujours pas eu la peau du petit peau-rouge.

En revanche, Christian Magdeleine – l'homme qui lui a prêté sa voix pendant trente-huit ans – a pris sa retraite en 2009. Curieusement, lui qui connaissait tout du paysage routier… ne voyageait jamais ! Il ne visualisait la France qu'en tronçons abstraits, en coupures d'axes et en « kilomètres de retenue dans le sens Paris-province » sur les écrans d'ordinateurs du PC de Rosny-Sous-Bois. « C'est sûr que l'on travaille de manière un peu aveugle […] J'essaie de me représenter le site, comment ça se présente, comment est le relief, la route […] Je suis un adepte du voyage Bibendum. Sur le terrain ? J'y serais pour quoi faire ? » confiait-il dans une interview au journal *Libération* en 1998.



## *BIZARRE FOODS*

Visiter un pays sans goûter à sa cuisine locale, c'est comme draguer une fille avec les yeux. C'est d'autant plus dommage que les autochtones sont souvent fiers de faire découvrir les spécialités de leur pays – comme si elles étaient, elles aussi, constitutives de leur identité. Mais puisque l'on mange beaucoup avec nos yeux et notre culture, le test de la fourchette est loin d'être gagné d'avance. Qui aura le courage de goûter le plat national de l'Équateur, le cochon d'Inde, s'il garde en mémoire les images idylliques de son hamster batifolant dans sa roue en plastique ? En Asie du Sud-Est, qui osera ingurgiter les grosses mygales noires poêlées (et poilues) proposées sur les marchés en guise de gâteaux apéritifs ? Ou encore des œufs couvés, ces embryons de cane de 18 jours déjà formés, avec la petite tête, le petit bec, les petites pattes et les petites plumes qui trempent dans l'albumen ?

En voyage, l'amitié commence souvent par le ventre. Lorsque l'on est invité à partager un repas, mieux vaut donc tout manger… et tout boire ! Le bizutage gastronomique faisant partie du rite initiatique, celui qui ne laissera rien ni dans son assiette ni dans son verre gagnera à coup sûr le respect de ses hôtes. Ce n'est peut-être pas sans risque pour les papilles gustatives délicates mais, comme le souligne l'Américain Andrew Zimmern, c'est également une « façon d'apprendre à connaître les autres cultures ». Ce dernier, qui se définit lui-même comme un « explorateur culinaire », n'a d'ailleurs qu'un seul credo en matière de nourriture : *If it looks good, eat it!* (« Si ça a l'air bon, mangez-le ! ») Dans son émission *Bizarre Foods*, diffusée depuis 2007 sur Travel Channel, il parcourt le monde en avalant, comme le disent (et le font !) les Vietnamiens, « tout ce qui a un corps et quatre pieds, excepté les tables et les chaises »… Parmi les menus les plus mystiques : des cuisses de crapaud venimeux et des utérus de poule à Taïwan, des pattes de tortue en Corée du Sud, une poche d'encre de pieuvre en Grèce, des reins de chameau crus et de la peau de porc-épic en Afrique du Sud, du placenta de vache aux États-Unis et, bien sûr, un nombre incalculable de testicules et de pénis de toutes les tailles et cuisinés à toutes les sauces. De saison en saison, c'est avec le même plaisir qu'on le voit s'extasier devant une viande putréfiée pendue à un crochet au fin fond d'une cave de Sardaigne, en affirmant, péremptoire : « Ceci est la douce puanteur de la perfection ! » Car ce n'est pas la quête du sensationnel télévisuel qui semble inciter Andrew Zimmern à voyager à la recherche de mets insolites, mais plutôt la volonté de comprendre l'Autre à travers sa nourriture. Comme le proclamait le gastronome français Brillat-Savarin : « Dis-moi ce que tu manges, je te dirai qui tu es. »

## *BLOG DE VOYAGE*

Les récits et les carnets de voyages fascinent. D'Homère à Hérodote en Grèce, du moine bouddhiste Xuanzang à l'écrivain Wu Cheng'en en Chine, des sagas islandaises au *Devisement du monde* de Marco Polo, de Charles Darwin à Claude Lévi-Strauss en passant par Ernest Hemingway ou Henri Michaux, les hommes n'ont cessé de raconter leurs aventures à travers le « vaste monde ». Les blogs de voyage perpétuent cette tradition. Tenus généralement par des *backpackers** ou des « nomades digitaux » (professionnels ou amateurs) de toutes langues et nationalités confondues, ils sont difficiles à dénombrer mais il y en a probablement des centaines de milliers en ligne. Parfois pour le meilleur (beaucoup d'infos utiles et de conseils pratiques, de belles photos) mais, tout de même, souvent pour le pire (maîtrise douteuse de l'orthographe et de la grammaire, abondance de lieux communs érigés en philosophie, dégoulinant de ce que Gide appelait « les bons sentiments » qui font « la mauvaise littérature » et dispensés, selon les blogueurs, avec suffisance ou niaiserie). Non, ce n'est pas parce qu'on voyage qu'on a quelque chose d'intéressant à écrire. Non, prendre une année sabbatique pour faire le tour du monde ne mérite pas une décoration pour acte de bravoure. Non, s'être fait offrir un chocolat chaud par une serveuse dans un bar de Nouméa – parce qu'il pleuvait et qu'elle avait remarqué que vous étiez triste et trempé – n'est pas une histoire si captivante. Elle ne permet en tout cas pas de prétendre avoir saisi « l'essence même de l'âme néo-calédonienne », inutile de poster la photo de la tasse vide et d'écrire trois pages sur la « générosité légendaire de ce peuple » en concluant par une citation de Jacques Salomé... Et puis des anecdotes à raconter, tout le monde en a. Seul le style fait la différence. C'est lui qui permet de distinguer un écrivain qui voyage d'un touriste qui écrit.



## *BON VENT*

Petit mot d'encouragement pour tous ceux qui partent en vacances en optimiste ou en montgolfière.

Exemple : « "Bon vent" était la devise de l'artiste Joseph Pujol, né le 1er juin 1857 à Marseille et mort le 8 août 1945 à Toulon. Particulièrement célèbre pour sa remarquable maîtrise de ses muscles abdominaux qui lui permettait de lâcher des gaz à volonté, celui que l'on appelait « le Pétomane » connut un succès époustouflant sur la scène du Moulin rouge, où il jouait chaque soir *Au clair de la lune* avec un flûtiau. Un test ADN effectué post-mortem a récemment révélé qu'il était le père caché de Bertrand Piccard, l'explorateur suisse, gonflé et un peu gonflant, premier homme à avoir fait le tour du monde en ballon. » (Un article de Wikipédia, ou presque.)

## *BOURLINGUETTE*

La « Bourlinguette » est le petit-nom-mignon du tout premier camping-car, fabriqué en 1903 en France par le carrossier Henri Lafitte à la demande d'un riche client Bordelais, Jules Honoré Sécrestat. Contrairement à ce que peut laisser croire le diminutif en *-ette*, le véhicule n'avait rien de petit ni de mignon : il mesurait sept mètres de long, pesait 3 500 kg et ressemblait à un corbillard croisé avec un panier à salade... Ses roues étaient en bois cerclées de fer car aucun pneu de l'époque ne pouvait supporter un tel poids, et sa vitesse maximum était de 30 km/h !

# C

## *CAPITAINE GUPTA*

Le capitaine Gupta est un homme étrange : il porte l'uniforme et la casquette d'un pilote de ligne mais n'a pas passé son brevet et n'a aucune heure de vol à son actif. Son avion, un Airbus A300, est tout aussi étrange : il lui manque une aile, une partie de la queue et du fuselage, et il est posé sur un terrain vague où il est arrivé en pièces détachées, par la route. Pourtant, chaque week-end, des dizaines de personnes venues de toutes les régions de l'Inde montent à bord et s'envolent à destination de Mumbai, Calcutta ou Bangalore. Mais seulement dans leur imagination... Car c'est un voyage immobile que propose Bahadur Chand Gupta, un ancien ingénieur de la compagnie Indian Airlines qui a racheté l'appareil d'occasion et l'a fait transporter jusque chez lui, dans la banlieue de New Dehli, pour le remonter morceau par morceau... pendant deux ans ! Une entreprise pharaonique et onirique digne de *Fitzcarraldo*, film de Werner Herzog où le héros fait hisser un bateau sur une colline en pleine forêt amazonienne ! Le rêve du personnage principal, interprété par Klaus Kinski et inspiré par le baron du caoutchouc péruvien Carlos Fitzcarrald, était de faire chanter à bord son idole, le ténor Enrico Caruso. Celui de Bahadur Chand Gupta ? Permettre à ses compatriotes les plus démunis de monter dans un avion (une réalité pour moins de 10 % de la population indienne) et sûrement un peu aussi… de pouvoir réaliser son fantasme et se transformer en capitaine Gupta, pilote de ligne de sa propre compagnie aérienne, Bahadur Airlines !

La visite est scénarisée comme s'il s'agissait d'un véritable voyage : pour 150 roupies (environ 2 euros), les passagers achètent leur billet et obtiennent une carte d'embarquement, puis sont accueillis à bord de l'A300 par des hôtesses de l'air souriantes et en tenue réglementaire, parmi lesquelles figure la femme de Gupta. Ils s'asseyent à leur place, attachent leur ceinture et écoutent les consignes de sécurité dispensées habituellement pendant un vol. Ils reçoivent ensuite une collation et peuvent même se rendre dans le cockpit, écouter de la musique et danser dans les allées ! Encore mieux que dans la « vraie » vie ! D'ailleurs, certains de ces passagers pour nulle part semblent le pressentir puisqu'à la question « Voudriez-vous un jour aller dans un avion qui vole ? », ils répondent « non » sans hésiter.



## *CARTE POSTALE*

La carte postale a été inventée par l'Autrichien Henrich von Stephan, directeur général des Postes, en 1865. En France, elle est utilisée pour la première fois pendant la guerre de 1870 et permet aux blessés de communiquer avec leurs familles tandis que l'armée prussienne assiège Strasbourg. Grâce à l'ajout d'illustrations puis de photographies au verso, son essor est fulgurant au début du XX^e^ siècle (deux milliards d'unités produites pour la seule année 1909). Son âge d'or s'étend jusqu'à la fin de la Seconde Guerre mondiale.

Depuis, c'est le déclin. Ces dix dernières années, les ventes ont baissé de 70%. Pourtant, en 2012 encore, selon un sondage réalisé sur le site *www.generatorhostels.com*, 28% des touristes internationaux en ont envoyé au moins une et, rien qu'en France, il en a été vendu 320 millions. Malgré Facebook, Instagram, les e-mails avec pièces jointes, les MMS et autres e-cartes virtuelles, le petit rectangle en papier cartonné n'a pas dit son dernier mot et fait toujours partie du rituel de vacances. Car la carte postale est une tradition, et une tradition ne meurt pas. Ou alors très lentement...

À la fois geste symbolique, petite pensée timbrée et expédiée à la va-vite, preuve matérielle attestant une escapade, elle sert aussi de lot de consolation pour les plus sédentaires. Accrochée sur la porte du frigo, elle permet de partir un peu, immobile, en rêve – ce qui n'est déjà pas si mal puisque c'est toujours dans l'imaginaire que commence un voyage. Comme le faisait remarquer l'écrivain Georges Duhamel, « l'invention de la carte postale a plus fait pour le tourisme que celle des chemins de fer ». Voilà pourquoi nous continuerons à recevoir dans nos boîtes aux lettres des couchers de soleil sur la mer, des femmes à moitié nues nous souhaitant de « Bons baisers de la Grande-Motte » ou des vues en contre-plongée de la tour Eiffel, le monument le plus « carte postalé » au monde (cinq milliards d'exemplaires vendus à ce jour). Au recto, quelques mots rédigés dans un style reconnaissable au premier coup d'œil, à la fois concis, inutilement informatif et complètement impersonnel : « Cher toi, je t'écris du Brésil où je passe de bonnes vacances. Le soleil est au rendez-vous, la mer est chaude et les plages superbes. Que demander de plus ? »

## CARTOGRAPHIE

Comme l'expliquait le philosophe et mathématicien Alfred Korzybski, « une carte n'est pas le territoire », et celle de notre planète ne déroge pas à la règle. Établie en 1569, la projection de Mercator – que l'on utilise toujours, avec quelques ajustements, en tant que mappemonde de référence – présente en effet une échelle faussée de la surface des pays. Le Groenland, dont la superficie est de 2 160 000 km², paraît de même taille que le continent africain, alors que celui-ci est presque quinze fois plus étendu ; l'Amérique du Sud semble plus petite que l'Europe bien qu'elle soit quasiment deux fois plus grande ; on dirait que la France (640 600 km²) est aussi vaste que le Mali (1 240 000 km²), et que l'Inde a la même taille que la Scandinavie alors que sa superficie est trois fois plus importante, etc. La Mercator place aussi de façon arbitraire le Nord en haut et le Sud en bas, bien que l'inverse soit également possible puisque depuis l'espace, il n'y a ni haut ni bas (cf. la carte inversée de l'Australien Stuart McArthur, publiée en 1979 et qui s'intitule *McArthur's Universal Corrective Map of the World*).



Au XVIe siècle, l'adoption de la représentation du Belge Gérard Mercator était un choix politique : elle permettait à l'Europe d'y être positionnée au centre et de ne pas paraître trop petite par rapport au reste du monde. Inexacte et occidentalo-centrée, elle fausse aujourd'hui encore la vision symbolique que les peuples peuvent avoir d'eux-mêmes car, dans l'inconscient, le haut est associé au bien et à une position de supériorité, tandis que le bas évoque une position d'infériorité – dans la religion chrétienne, le paradis ne se situe-t-il pas en haut et l'enfer en bas ?

La carte qui reflète le plus exactement notre planète est la Dymaxion (acronyme de *Dynamic Maximum Tension*), encore appelée projection de Fuller et mise au point en 1946. Plus précise, plus neutre, déformant moins les continents et les pays grâce à leur disposition sur les vingt triangles d'un icosaèdre, elle ne présente ni sens de lecture ni hiérarchisation des terres émergées. Selon son inventeur, l'architecte américain Richard Buckminster Fuller (1895-1983), « ce planisphère rassemble tous les continents dans un ensemble sans discontinuité comme les astronautes peuvent voir la Terre de leurs vaisseaux spatiaux. Il aide les hommes à prendre conscience que la planète est un système interdépendant ».



Pourtant, partout, sur Google Maps, sur les fonds d'écran de nos ordinateurs, sur toutes les images satellites de tous les bulletins météo de toutes les chaînes de télé, on continue à montrer un monde qui n'existe pas vraiment, et c'est ce monde inexact qui s'imprime dans notre imaginaire... Larry Page, Bill Gates et Catherine Laborde seraient-ils des Illuminati œuvrant secrètement au grand complot international contre la réalité ?

## *CHANSONS*

Il y a deux sortes de chansons de voyage : celles qui donnent envie de partir et qu'on emmène avec nous dans notre bien nommé « baladeur », et celles qu'on inscrit dans nos souvenirs car liées à un moment, à une rencontre, une galère, un fou rire, un amour fou à mourir. Chacun a les siennes et elles varient à l'infini même si, dans la première catégorie et rien que dans la chanson française, il y a quelques grands classiques des années 1960 à 1970. Nino Ferrer (*Le Sud*), Charles Aznavour (*Emmenez-moi*), Léo Ferré (*Comme à Ostende*), Georges Brassens (*Heureux qui comme Ulysse*), mais aussi Jacques Brel et Serge Gainsbourg, ont tous chanté l'ailleurs* à de multiples reprises. Qui n'a pas rêvé d'aller aux Marquises rencontrer ces gens qui « parlent de la mort comme tu parles d'un fruit », « regardent la mer comme tu regardes un puits », après avoir écouté le Grand Jacques ? Qui n'a pas un jour voulu monter dans une Ford Mustang et se lancer dans un *road trip* gainsbourien avec sur soi « un paquet d'Cool, un badge avec inscrit dessus *Keep Cool*, une barre de chocolat, un Coca-Cola » ? Qui n'a jamais imaginé se greffer une peau de mouton sur les épaules et allumer un feu de bois devant une « maison bleue adossée à la colline », en écoutant « Tom à la guitare, Phil à la quena, jusqu'à la nuit noire », comme dans *San Francisco* de Maxime Le Forestier ?



Les années 1980 recèlent elles aussi de nombreux hymnes au voyage, et il y en a pour tous les goûts. En 1984, le groupe Téléphone nous chante qu'un jour il ira « à New York avec [nous], toutes les nuits déconner », et on y croit, et on hurle « Emmène-moi toucher à ci toucher à ça, voir si le cœur de la ville bat en moi. » En 1986, la Compagnie créole nous invite à une *Soca Party sur la plage* à Trinidad où, c'est bien connu, « tout le monde vit au rythme des congas ». Pour Desireless, star du Top 50, la route reste romantique mais beaucoup plus abstraite : il s'agit d'aller « Au d'ssus des capitales, des idées fatales [...] plus loin que la nuit et le jour [...] dans l'espace inouï de l'amour. » *Voyage voyage*, ce tube de la génération new wave sorti en 1989, voyage lui-même un peu partout : il est numéro un dans une dizaine de pays, au Danemark comme en Israël, en Thaïlande comme au Liban ou en Grèce.

Une décennie plus tard, en 1997, la techno de Daft Punk nous propulse *Around the world*, dans un voyage dans le futur en boucle et en rond, comme des robots drogués qui buggent (les trois mots du titre sont répétés 144 fois pendant le morceau). C'est l'époque des raves, on n'entend plus les guitares et c'est désormais toute la plage qui est en feu.

Cette *playlist* est évidemment non exhaustive. Elle pourrait d'ailleurs continuer *ad libitum*, comme ces chansons sans véritable fin qui se terminent par un decrescendo, tellement la musique est indissociable du voyage.



## *CHARLES-DE-GAULLE (SIR ALFRED DE)*

Sir Alfred de Charles-de-Gaulle n'est ni Sir, ni parent du général. De son vrai nom Mehran Karimi Nasseri, il est l'homme qui a vécu pendant dix-huit ans dans le terminal 1 de l'aéroport de Roissy, entre 1988 et 2006. Son histoire – proche de celle d'un héros de Franz Kafka ou de Samuel Beckett – a fait le tour du monde et a même été portée à l'écran dans *The terminal* de Steven Spielberg. Eau de rose hollywoodienne oblige, le film fait d'énormes infidélités à la vie de Nasseri.

Intellectuel arrêté et torturé pour avoir participé à des manifestations contre le shah d'Iran, Mehran

Karimi Nasseri est déchu de sa nationalité et expulsé de son pays en 1975, à l'âge de 32 ans. Durant six ans, il demande sans succès l'asile politique dans plusieurs pays d'Europe jusqu'à ce qu'en 1981, la Belgique lui accorde le statut de réfugié. En 1986, il part pour le Royaume-Uni à la recherche d'une femme qu'il croit être sa mère. En route, il se fait voler ses papiers ou, selon une autre de ses versions, s'en débarrasse lui-même en les renvoyant par la poste au Haut-Commissariat des Nations Unies pour les réfugiés (UNHCR), afin que les Britanniques ne puissent pas l'expulser. Malheureusement pour lui, c'est exactement ce qui arrive. Il réussit à gagner Paris et se retrouve à Charles-de-Gaulle, où il est arrêté pour séjour illégal sur le sol français et est condamné à deux mois de prison. Puis la machine bureaucratique passe en mode absurde : la France est prête à lui accorder un titre de séjour mais il doit d'abord se rendre à Bruxelles, car la Belgique l'oblige à venir récupérer en personne sa carte de réfugié politique à l'UNHCR. Or, il n'a pas la permission de quitter le territoire français car... il n'a pas de papiers ! Cette farce tragicomique va durer jusqu'en 1999 (onze ans), date à laquelle les autorités Belges cèdent et lui envoient ses documents d'identité par valise diplomatique. Mais Mehran Karimi Nasseri a commencé à perdre la tête et refuse de les signer, alléguant qu'ils ne sont pas à son nom puisqu'il s'appelle Sir Alfred et qu'il est suédois.



Il reste donc dans le terminal 1, sur son banc rouge récupéré dans un café qui a fermé et dont le nom était... le Bye bye bar [*sic*]. Il reçoit son courrier adressé à « Monsieur Alfred, Aéroport Charles-de-Gaulle, Terminal 1, 95700 Roissy ». Toutes les dix minutes, il entend la même annonce, en français et en anglais, intimant aux passagers de ne pas laisser leurs bagages sans surveillance. En dix-huit ans, il l'entendra plus de 900 000 fois. Tous les jours, il se lève à 5 h 30 et fait méticuleusement sa toilette (avec des produits fournis gratuitement par les femmes de ménage de l'aéroport), puis va prendre son petit-déjeuner au McDonald's. Il y retourne à midi, commande invariablement un menu Filet-o-Fish et laisse tout aussi invariablement un pourboire aux employés. Il rédige ensuite son journal intime (4 000 feuilles format A4 au total!), lit la presse internationale, écoute la radio sur son baladeur et fume la pipe, l'air absorbé ou absent. Toutes les semaines, il apporte ses vêtements au pressing. Sir Alfred a de l'argent. Il ne ressemble pas à un SDF. On dirait simplement un voyageur qui attend depuis plus longtemps que les autres.



En 2004, lorsque son autobiographie *The Terminal Man* est publiée et que l'adaptation de Spielberg sort en salle, il devient une véritable star. Dreamworks lui aurait versé 300 000 dollars pour obtenir les droits. Des journalistes accourent de tous les pays pour l'interviewer. Il les reçoit à côté des chariots à bagages où s'entassent ses valises, cartons et autres sacs en plastique remplis de ce qu'il reste de sa vie. Des cartes postales et des mots d'encouragement lui parviennent du monde entier. Des touristes s'arrêtent pour le prendre en photo, comme s'il faisait partie des monuments de Paris. Cependant, sa santé mentale se dégrade. Pour le psychiatre de l'aéroport, « Alfred est sur le même disque que nous, mais pas sur le même sillon. Il n'existe aucun remède ». En 2006, il est hospitalisé et vit vraisemblablement depuis lors dans un foyer d'accueil Emmaüs à Paris.

Personne ne sait pourquoi Mehran Karimi Nasseri n'a jamais voulu signer les papiers qui lui auraient permis d'être libre et de quitter l'aéroport, ni pourquoi il ne s'est pas volatilisé alors qu'il n'était pas surveillé. Peut-être car, comme il l'a déclaré dans *Here to Where*, le documentaire que l'Américain Paul Berczeller lui a consacré en 2001: «Je n'erre pas. Je ne veux pas errer.» Il a donc tenu la promesse qu'il s'était faite. Et c'était lui, l'homme statique enfermé dans le plus grand aéroport de France, qui regardait chaque année 60 millions de passagers errer.

## *COMPLAINTE DE L'ÉTÉ*



Vous êtes au milieu de la jungle amazonienne. Il fait très chaud et très humide. Des bêtes sauvages rôdent, hurlant à la mort dans des langues étrangères que vous ne comprenez pas. Vous avez peur mais vous n'avez pas le choix. Vous vous êtes éloigné du groupe et vous êtes seul sous un hévéa. Accroupi. Concentré. Les yeux levés vers le ciel, vous priez. Vous priez votre Dieu du moment, Imodium 2 mg, de vous venir en aide rapidement. Mais Dieu, semble-t-il, vous a abandonné. C'est votre huitième selle non-moulée de la journée et il n'est que 10 heures du matin. Pas de doute possible: vous l'avez attrapée. Quoi donc? La complainte de l'été. La danse aztèque. La kaboulite. La revanche de Moctezuma. La course de Rangoon. La trotskiste. En clair et en moins poétique: la tourista.

D'origine bactérienne ou parasitaire, cette diarrhée du voyageur – qui touche dans les trois premiers jours 30 à 60 % des nouveaux arrivants en pays tropical – est la maladie touristique la plus… courante. Vos bons Samaritains (votre guide, votre maman, Doctissimo, votre horoscope ?) vous avaient pourtant tous prévenu : pour ne pas trop éprouver le fonctionnement de votre fondement, il faut éviter de manger des crudités quand vous ne savez pas si elles ont été correctement lavées, ne pas goûter les sorbets aux fruits des marchands ambulants, ne jamais mettre de glaçon dans votre bière et, surtout, faire attention à ce que vous buvez. Comme d'habitude, vous regrettez de vous l'être joué bourlingueur comme dans les livres de Blaise Cendrars. Et d'avoir bu sans Micropur l'eau brunâtre de l'Amazone pour faire pareil que les autochtones, alors même que votre intestin vous criait de toutes ses forces : « T'es fou, fais pas ça, j'ai grandi en Franche-Comté moi ! »



## *COUCHSURFING*

Certains traducteurs automatiques en ligne pourraient faire croire qu'il s'agit de faire du surf sur un canapé, voire de coucher avec un surf. Il n'en est rien : le *couchsurfing* n'est ni un nouveau sport à la mode en Californie, ni un type de déviance sexuelle avec des objets. Fondée en 2004 sous forme d'association à but non lucratif par Casey Fenton, un jeune Américain alors âgé de 26 ans, CouchSurfing est une société commerciale proposant une façon de voyager différente, une sorte de tourisme participatif à l'ère numérique. Sa mission autoproclamée : « Participer à la création d'un monde meilleur, canapé après canapé »… Ce qui signifie, moins mystiquement parlant, que ses neuf millions de membres disséminés dans 120 pays mettent gratuitement à disposition leurs canapés pour s'accueillir les uns les autres. Sur *www.couchsurfing.org*, l'inscription est libre, chacun a la possibilité de dialoguer et de demander ou d'offrir l'hospitalité à quelqu'un, de poster son profil personnel (ses préférences, ses centres d'intérêt, etc.) et d'émettre des commentaires résumant ses expériences. Pour un hôte, le *couchsurfing* permet de recevoir des étrangers à la maison, et donc de voyager un peu grâce à leur présence. Pour un invité, le principal avantage de ce système consiste à être logé gratuitement mais aussi à partager le mode de vie d'un autochtone, à visiter un pays ou une ville en bénéficiant des conseils de ce dernier et de ses « bons plans » qui ne se trouvent pas forcément dans les guides de voyage, et auxquels il pourrait difficilement accéder par lui-même.



## *LE COUP DE SOLEIL RÉINVENTÉ*

En Occident, pendant des siècles, la mode épidermique fut à la pâleur. Pour les Grecs et les Romains de l'Antiquité, le blanc et le teint lactescent étaient associés à la beauté, à la noblesse et à la richesse puis, dès le début de l'ère chrétienne, à la pureté, à l'innocence, à la virginité. Par opposition, la carnation mate symbolisait le mal, la pauvreté ou la sous-humanité. Il y eut par exemple, dès la première Croisade (1096-1099), la figure basanée et impie du Sarrazin, puis celles du sauvage amérindien et de l'esclave noir, puis celles des peuples colonisés, etc. Avoir la peau tannée, naturellement ou à cause de son travail et de son appartenance à une classe sociale laborieuse (paysans, pêcheurs), n'était donc chose ni enviée ni enviable. En 1813, dans son roman *Orgueil et Préjugés*, l'écrivaine anglaise Jane Austen notait : « Eliza Bennet n'est vraiment pas en beauté ce matin. [...] De ma vie, je n'ai rien vu de pareil, elle a tellement changé depuis cet hiver. Son teint est devenu si foncé, si ordinaire. » Quant à Helena Rubinstein – que Jean Cocteau surnommait « l'impératrice de la cosmétique » –, elle aimait paraît-il évoquer d'un ton sarcastique « la vogue des teints brûlés » au tout début du XX$^{e}$ siècle...

Cependant, dès les années 1920-1930, les préférences pigmentaires basculent de la couleur du marbre à celle du bronze (dont est d'ailleurs issu le verbe bronzer, qui a fait son entrée dans le *Larousse* en 1928). Les raisons de ce changement inattendu sont multiples. Tout d'abord, le développement des loisirs et des activités sportives en plein air, mais aussi un nouveau regard médical sur le soleil, notamment grâce au naturisme et à l'héliothérapie. Ensuite, la volonté des élites de continuer à se différencier de la masse. L'ouvrier, qui a remplacé le paysan, est enfermé dans une usine où il ne voit pas le soleil et reste pâle toute l'année. Comment faire pour ne pas lui ressembler? Dans *Le Sursis* de Sartre, un personnage de la haute société auquel on fait remarquer sa peau anormalement brunie répond snobement : « C'est du hâle de luxe. [...] Ça s'attrape sur les plages, à ne rien faire. »

Le bronzage est désormais devenu une parure sophistiquée et mondaine qui se porte à même la peau, un signe distinctif de richesse arboré uniquement par ceux qui peuvent se permettre de voyager ou de se payer de coûteux loisirs en plein air (équitation, golf, tennis, ski, etc.). Selon Pascal Ory, auteur de *L'Invention du bronzage*, la révolution cutanée qui s'est opérée pendant l'entre-deux-guerres est une véritable révolution culturelle, et ce ne sont pas tant les hommes que «les femmes qui vont faire cette révolution. Après s'être libérées du corset et s'être coupé les cheveux, elles commencent à montrer leur peau. [...] Elles offrent leur corps au soleil, aux regards des autres. Elles sortent de l'espace privé. C'est une vraie conquête». Suivant la tendance amorcée par Coco Chanel (la légende voudrait que ce soit elle qui ait lancé la mode après avoir involontairement pris un coup de soleil sur la Côte d'Azur), ou encore Jean Patou (qui crée en 1927 la première huile solaire), le magazine *Vogue* se demande en 1928: «Être ou ne pas être hâlée?» Preuve que les mœurs ont définitivement changé, l'Ambre solaire de l'Oréal obtient, dès 1935, un immense succès commercial. Quatre ans plus tard, en 1939, le journal *Marie-Claire* annonce un seul mot d'ordre pour l'été: «Brunir vite!» – formule étonnamment prémonitoire à quelques semaines seulement de la débâcle face à l'Allemagne nazie.



Après 1945, la mode de la peau caramel s'étend à toutes les couches sociales, le coup de soleil est réinventé et magnifié, la «calcination positive» ou le «brûlage pour tous» sont nés! Aujourd'hui encore, malgré les risques de cancer de la peau (90000 nouveaux cas diagnostiqués chaque année dans le monde), la séance de bronzage est une activité incontournable pendant un voyage ou des vacances... tout au moins en Occident. Car les femmes asiatiques, elles, continuent pour des raisons esthétiques à préférer la blancheur et donc à fuir le soleil autant que possible. La dernière mode sur les plages de Chine : la combinaison intégrale avec « face-kini », une cagoule anti-UV qui recouvre entièrement le visage !

## *COUSSIN DE VOYAGE*

Avec son air de demi-bouée ou de gilet de sauvetage pour la tête, le coussin de voyage n'est pas ce que l'on pourrait appeler un accessoire glamour. Il dépasse même la dose de ridicule autorisée lorsque certains voyageurs – peut-être atteints de narcolepsie ou bien juste très prévoyants – le portent déjà autour du cou dans la salle d'embarquement... Cependant, il possède une utilité indéniable : il permet d'éviter les torticolis, assez fréquents après s'être assoupi pendant un long trajet. Apparu il y a une vingtaine d'années sous forme gonflable, il se décline désormais dans toutes les couleurs ou matières imaginables (en tissu, avec des microbilles, etc.).



Le baroudeur geek et mélomane pourra se procurer le coussin Cabeau Evolution Pillow, fabriqué avec une mousse viscoélastique à mémoire qui reproduit les contours de la tête et du cou. Équipé d'une pochette latérale pour glisser un smartphone ou un lecteur MP3, il permet également d'écouter de la musique avant de s'endormir. Le fan de hip-hop, lui, s'orientera plus vers le Hoodie Pillow, tout en coton avec capuche intégrée, indispensable en cas d'averse intempestive dans l'habitacle ou pour s'endormir à un mauvais concert de rap. Quant au voyageur asocial, il sera ravi d'apprendre que les designers Kawamura et Ganjavian ont pensé à lui en inventant l'Ostrich Pillow (littéralement « l'oreiller autruche »). Cette espèce de scaphandre molletonné, spécialement conçu pour faire la sieste et se couper du monde, possède seulement trois ouvertures (une au niveau de la bouche et du nez pour pouvoir respirer et deux autres au-dessus des oreilles, pour garder ses mains au chaud si l'on veut dormir accoudé sur la tablette de son siège en avion), mais coûte tout de même 99 dollars.

# D

## *DELEUZE ET LES INTENSITÉS IMMOBILES*

En 1988, lors d'une série d'entretiens intitulée *L'Abécédaire de Gilles Deleuze*, le philosophe français (1925-1995), célèbre pour des livres comme *Logique du Sens*, *L'Anti-Œdipe* et *Mille Plateaux*, est interrogé sur ce qu'il pense du voyage. L'inventeur du concept de « nomadisme » n'y va pas par quatre chemins... Pour lui, c'est une fausse rupture, une rupture « à bon marché » et il s'étonne que les voyageurs en soient fiers. Ceux qu'il abhorre le plus, semble-t-il, ce sont ces grands reporters qui écrivent des livres où ils avouent être à la recherche d'un père et revendiquent une fonction œdipienne du voyage. Si Deleuze est fasciné par les nomades, c'est parce que les nomades ne voyagent pas pour le plaisir. Ils y sont forcés, tout comme les exilés ou les immigrants – il cite d'ailleurs Samuel Beckett qui, dans *Mercier et Camier*, écrivait : « Nous ne voyageons pas pour le plaisir de voyager que je sache, dit Camier. Nous sommes cons, mais pas à ce point-là. » Les terres étrangères du philosophe, ce sont pour lui la littérature ou la musique, ce qu'il appelle avec élégance « des intensités immobiles ». On peut les atteindre sans avoir à se déplacer, car « ça se distribue ou dans l'espace, ou bien dans d'autres systèmes, mais pas forcément dans l'espace extérieur». Pour Deleuze, «il y a une géo-musique, il y a une géo-philosophie» qu'aucun voyage n'a jamais réussi à égaler. Il précise aussi: «Mais ce n'est pas un principe chez moi, je ne prétends pas avoir raison, Dieu merci!»

## *DÉPAYSEMENT*

Changement temporaire et volontaire de vie, d'idées et de chemise. Peut uniquement se faire dans un autre pays que le sien, sinon ce ne serait pas du jeu.

Exemple: «Il courait le monde déguisé et cherchait le dépaysement dans quelques bals masqués.»

# E

## *EMMÈNE-MOI AU BOUT DU MONDE*

Il y a des petites phrases fantasmatiques, puisées dans la fiction ou dans la réalité, qui hantent la conscience collective et que l'on aimerait bien secrètement pouvoir dire nous-mêmes un jour. Elles se terminent généralement par un point d'exclamation: «Taxi, suivez cette voiture!», «Objection, votre honneur!», «Patron, tournée générale!» ou encore «Emmène-moi au bout du monde!» Dans les trois premiers exemples, il suffit de se trouver au bon endroit au bon moment et d'avoir un peu d'audace... En revanche, dans le dernier cas, il faudra déterminer à l'avance une chose essentielle: où se situe exactement le bout du monde? Certainement conscient de ce problème, le site *www.furthestcity.com* a décidé d'y remédier. En tapant le nom de votre ville (une ville étant préalablement définie ici comme une localité d'au moins 100 000 habitants), il vous indique automatiquement l'endroit sur terre qui en est le plus éloigné. Si vous habitez à Aix-en-Provence, le bout du monde sera pour vous Lower Hutt en Nouvelle-Zélande, à 19 116 kilomètres. C'est donc dans cette petite bourgade de la région de Wellington, construite au milieu d'une vallée recouverte d'ajoncs et peuplée d'oiseaux endémiques dont le *kereru*, le *tui* et le *mopoke*, que votre amoureux ou votre amoureuse devra vous emmener si votre phrase est prise « au pied de la lettre ».

## *EXOTIQUE*

Adjectif employé en Occident pour qualifier tout homme, objet, paysage, coutume ou lieu lointains et différents, mais pas trop tout de même. N'est exotique qu'une altérité mesurée, qui saura demeurer charmante, domesticable et inoffensive aux yeux de celui ou celle qui regarde.

Exemple : « Quand ils disent *moshi moshi*, mangent des sushis et s'habillent comme des personnages de mangas, les Japonais sont exotiques ; quand ils tuent des baleines ou se font hara-kiri, ce sont des barbares. »

# F

## *FAIRE UN PAYS*

Locution verbale s'employant communément pour insinuer que le pays visité n'était pas *vraiment* fait avant qu'on y pose nous-mêmes les pieds. Variante attribuée à un des plus grands touristes de son époque, Jules César: «Je suis venu, j'ai vu, j'ai vaincu.»

Exemple: «Alors j'ai fait le Chili, puis je suis remonté par le nord et j'ai fait le Pérou, la Bolivie, l'Équateur, j'ai même marché sur la ligne imaginaire qui sépare le monde en deux hémisphères, tu te rends compte? Et après j'ai fait la Colombie, le Venezuela, et après j'ai fait...» (B.a-ba du bla-bla du babaroudeur.)



## *FORMULAIRE ESTA*

Depuis le 12 janvier 2009, pour se rendre aux USA, tous les citoyens et ressortissants des 36 pays appartenant au programme d'exemption de visa mis en place par l'administration américaine (la France, la Belgique et la Suisse en font partie) doivent tout de même obtenir une autorisation préalable de voyage. Appelé formulaire ESTA (Electronic System for Travel Authorization), celui-ci est accessible uniquement en ligne et coûte 14 dollars. Le traitement se fait automatiquement, c'est une machine qui répond. L'accès sur le territoire américain peut donc vous être refusé par un robot, sans que vous n'ayez jamais eu l'occasion de vous entretenir avec un humain ! Selon l'administration américaine, la majeure partie des demandes est approuvée en moins d'une minute, et le délai de réponse n'excède jamais 72 heures.

Une fois l'autorisation accordée, elle est valable deux ans ou jusqu'à l'expiration de votre passeport, si ce dernier expire avant. Parmi les questions posées se trouvent quelques perles, auxquelles il est demandé de répondre très sérieusement, par oui ou par non :

« Demandez-vous l'admission aux États-Unis dans l'intention de vous livrer à des activités criminelles ou immorales ? » ;

« Avez-vous autrefois été impliqué(e), ou êtes-vous maintenant impliqué(e), dans des activités d'espionnage ou de sabotage ; de terrorisme ; de génocide ; ou, entre 1933 et 1945, avez-vous participé, de quelque façon que ce soit, à des persécutions perpétrées au nom de l'Allemagne nazie ou de ses alliés ? »



## *FUCKING TOURIST ?*

Depuis 2009, le Français Nicolas Demeersman, alias Jolipunk, travaille sur une série de clichés intitulée *Fucking tourist*. Dans celle-ci, tous les personnages, semble-t-il délibérément choisis pour leur label AOC (« Autochtone d'origine contrôlée » : un guerrier massaï tanzanien, un chaman péruvien, une paysanne balinaise, un garde forestier jordanien, un chauffeur d'*autorickshaw* indien, etc.), font un doigt d'honneur en regardant droit dans l'objectif. Comme Demeersman l'explique lui-même sur son blog, l'idée du projet est née lors d'un voyage à Bali. « C'est en photographiant les locaux que l'un d'eux me fit cette remarque : "Désolé, mais tous les touristes nous mitraillent comme des objets de folklore... Et un jour on se retrouve en carte postale ! Donc pas de photo pour moi !" Penser que mes photos finissent en carte postale ? Fucking locaux ! Et puis je me suis dit : il a raison... Faisons des portraits qui, pour une fois, pourront exprimer leur ressenti : "Fucking tourist !" »

Ce projet part d'une fausse bonne intention : défendre les autochtones contre certains voyageurs-voyeurs venant les prendre en photo comme des animaux dans un zoo. Mais ont-ils besoin que quelqu'un prenne leur défense ? De plus, c'est en contradiction avec ce qu'ils veulent, puisque Jolipunk les photographie encore une fois alors que ces derniers demandent justement que cela cesse. La question soulevée ici n'est d'ailleurs pas *principalement* celle du « viol » de l'intimité, valable pour toute personne prise en photo à son insu et s'inscrivant dans un débat plus large, celui du droit à l'image et du respect de la vie privée. La véritable problématique – énoncée par le Balinais lui-même – est celle de la « folklorisation » de l'humanité, de sa réduction à des clichés, à des représentations fantasmées par celui qui photographie. Et vu sous cet angle, Nicolas Demeersman est aussi irrespectueux que le *fucking tourist* qu'il conspue...

Même s'il obtient l'autorisation de ses sujets et les paie, il utilise ces gens en exigeant d'eux qu'ils prennent la pose et se donnent en spectacle pour faire une « anti-carte postale ». Cette mise en scène est d'autant plus sujette à caution que le majeur en l'air est un geste qui, s'il a une signification pour un Français, n'en a pas forcément pour une grande partie de ceux et celles qu'il photographie à l'étranger. Leur faire « exprimer leur ressenti » avec un doigt d'honneur qui ne veut peut-être rien dire pour eux est donc une autre forme de décalage et toujours une vision occidentalo-centrée du monde !

# G

## *GENS DU VOYAGE*

Ce terme poétique, qui fait penser aux *Gens de Dublin* de James Joyce, a été inventé par le droit français. Il est apparu pour la première fois dans la loi n° 69-3 du 3 janvier 1969 « relative à l'exercice des activités ambulantes et au régime applicable aux personnes circulant en France sans domicile ni résidence fixe ». Il englobe de nombreuses identités différentes (Roms, manouches, gitans, Ashkali, Beás, Doms, Loms, etc.) dont la particularité est... de ne pas être majoritairement nomades ! En effet, sur les six millions de « gens du voyage » recensés dans l'Union européenne (ils sont entre 10 et 12 millions dans le monde), seulement 20 % d'entre eux mènent une vie itinérante ou semi-itinérante, surtout en été. Le droit français a donc inventé un concept étonnant : les gens du voyage sédentaires !

Ceux qui, parmi eux, continuent de se déplacer le font pour au moins un de ces quatre motifs : trouver de nouveaux moyens de subsistance, échapper à la violence ou à la menace de violences exercées à leur encontre, suivre les marchés et les saisons agricoles, ou encore rester en contact avec leur famille dispersée dans toute l'Europe. Si cette dernière raison est sans conteste un choix de vie, toutes les autres correspondent à des facteurs d'attraction identiques à ceux qui motivent n'importe quel migrant (recherche d'emploi et d'un meilleur niveau de vie) ou à des expulsions forcées comparables à de la discrimination. Dans un Occident où le voyage et les voyageurs sont unanimement glorifiés, n'y a-t-il là pas contradiction ? Celui qui part faire le tour de l'Europe avec sa caravane pendant les vacances serait donc un aventurier, tandis que celui qui fait le même chemin avec la même caravane mais pendant toute l'année ne serait qu'un simple vagabond potentiellement dangereux ? Michel Onfray, dans sa *Théorie du voyage (Poétique de la géographie)*, remonte à l'histoire de Caïn et à celle du Juif errant, tous deux condamnés à déambuler sans fin suite à la malédiction de Dieu (le premier pour avoir assassiné son frère, le second pour ne pas avoir donné à boire à Jésus sur le chemin de la Croix). Selon lui, « le paysan fratricide et le Juif égocentrique rappellent que la condamnation au défaut de domicile fixe accompagne la faute, le péché et l'erreur. Depuis, on associe le voyage sans retour à la volonté punitive de Dieu. »



## *GRAND TOUR*

À l'origine des termes « touriste » et « tourisme », l'expression Grand Tour a été inventée en Angleterre vers 1670. Elle désigne le long circuit que les jeunes aristocrates britanniques – bientôt imités par l'ensemble de l'élite européenne – devaient accomplir sur le Vieux Continent pour parfaire leur éducation politique, intellectuelle, artistique et sexuelle, principalement entre les XVII^e^ et XIX^e^ siècles. Curieusement, elle implique une idée de circularité et de retour au point de départ qui se vérifie autant sur le plan sémantique que sur le plan géographique : les mots « grand » et « tour » ont été empruntés à la langue française, qui les a elle-même repris à la langue anglaise un siècle plus tard. La boucle du Grand Tour a donc été doublement bouclée !

Les principales destinations de ce périple à travers l'Europe étaient toujours les mêmes. Elles comprenaient l'Italie, la France, les Pays-Bas, l'Allemagne, la Suisse et plus tard parfois la Grèce, alors sous domination ottomane. Les jeunes privilégiés, accompagnés d'un tuteur et d'un artiste, allaient visiter les ruines antiques (le *ruin porn** ne date donc pas d'hier…) ou se faire peindre le portrait à Rome, admirer les montagnes au col du Grand-Saint-Bernard en Suisse (en essayant si possible de ressembler au personnage du mythique tableau de Caspar David Friedrich, *Le Voyageur contemplant une mer de nuages**), attraper des maladies vénériennes à Venise ou Athènes, apprendre les danses de salon à la mode et assister à des exécutions capitales à Paris, etc., toujours selon le même parcours bien défini à l'avance. Il ne s'agissait pas d'aller découvrir de nouvelles choses, mais de voir ce qui devait être vu, faire ce qui devait être fait et vérifier l'exactitude de ce qu'ils avaient appris dans les livres pour pouvoir ensuite partager leurs impressions avec leurs pairs. Ce voyage, qui durait en général quelques mois, voire une ou plusieurs années, revêtait une fonction sociale importante. Il permettait aux futurs grands d'Europe destinés à occuper les plus hautes fonctions politiques, diplomatiques, militaires, etc., de se rencontrer, de partager un mode de vie et des valeurs identiques et de se construire une culture commune.

Le Grand Tour contenait donc déjà tous les ingrédients du tourisme d'aujourd'hui, si souvent décriés, à tort ou à raison : son caractère organisé, grégaire (tout le monde va au même endroit pour faire la même chose), peu authentique*, et sa fonction sexuelle ouvertement revendiquée. Pourtant, à cette époque, les touristes sont fiers d'être appelés ainsi. Parmi les plus célèbres, Lord Byron, Goethe, Alexandre Dumas ou encore Stendhal, l'auteur des *Mémoires d'un touriste* (1838) – le livre qui imposera définitivement ce nouveau vocable dans tous les dictionnaires de langue française à partir de 1841. Mais de la fierté à la honte, il n'y a qu'un pas, et il faudra peu de temps pour que ce mot à l'origine si noble (il s'appliquait uniquement aux grands de ce monde) acquière la connotation souvent négative, vulgaire et prolétarienne qui lui colle encore à la peau aujourd'hui.



## *GUY DU ROUTARD*

Entre la fin des années 1960 et le début des années 1970, Guy du routard porte blouson en jean, pantalon à pattes d'éph et pataugas, lit Jack Kerouac et a comme chanson préférée *Le métèque* de Moustaki. C'est un petit hippie à cheveux longs, moustache et rouflaquettes, ce qui ne l'empêche pas d'être diplômé d'une des plus grandes écoles de commerce françaises, « Sup de Co » Paris. Après avoir lancé trois pavés sur les CRS pendant la guerre de mai 1968, il part avec son sac à dos en forme de globe terrestre sur « la route des Zindes ». Selon ses propres dires, Guy du routard en ramènera une philosophie constituée d'un « melting-pot d'humanisme, d'écologie, de respect des peuples, d'autodérision, d'humour bon enfant, de quête d'authenticité, de nostalgie des paradis perdus et de clins d'œil à Tintin». Selon d'autres dires : du galimatias «entre un gauchisme résiduel sur le néocolonialisme touristique et des bondieuseries écologisardes» (Michel Houellebecq).

Aujourd'hui, avec plus de 135 titres et 2,5 millions de guides vendus chaque année (une quarantaine de millions en tout), Guy du routard est le touriste le plus connu de France. Mais, de routard, il n'a plus guère que le nom, qui est d'ailleurs une marque déposée depuis 1975. Même s'il «globe-trotte» toujours, son budget a augmenté et sa façon de vivre le voyage a définitivement changé. Passé de baba cool à bobo, il préfère désormais la voiture de location au bus local, les restaurants gastronomiques à ses anciennes «petites gargotes sympatoches» et les hôtels trois étoiles aux dortoirs communs. Pourtant, comme il l'écrit sur son site, ce soixante-huitard croit encore «refléter un mode de vie particulier, synonyme de liberté, de jeunesse, d'insolence»... alors que cela fait plus de vingt ans qu'il a troqué ses Pataugas contre des Mephisto ! Son ton franchouillard, sa critique constante des autres touristes et ses leçons de morale sont, eux, restés intacts comme au premier jour.

# H

## *HORS DES SENTIERS BATTUS*

Cliché rebattu qui insinue :

1. que les cantonniers ne servent à rien

2. que vous êtes unique et qu'il n'y a pas un milliard de touristes dans le monde chaque année

3. qu'un beau voyage se mérite (morale de l'effort et de la solitude)

Exemple : « Envie d'un vrai circuit hors des sentiers battus, loin du tourisme de masse ? Osez le tourisme de machette ! Tracez votre propre route, la nuit, tout seul dans la savane avec un coupe-coupe ! »

# I

## *IMPOSTURES SÉMANTIQUES*

Si le voyage est, dans l'imaginaire des hommes, souvent empreint d'une aura romantique démesurée, les professionnels du secteur (tour-opérateurs, guides et agences de voyages, compagnies aériennes, grandes chaînes d'hôtels et de *resorts*, etc.) y contribuent largement via leurs messages publicitaires. Emphatiques, ridicules et parfois mensongers, tournant la plupart du temps autour de grandes notions comme la réalisation des rêves, l'authenticité, l'aventure, le bonheur sur mesure, voici une petite sélection des slogans qu'ils utilisent pour vendre leurs produits :

« Nos voyages lisent dans vos rêves »

« Nous vous offrons le monde »

« Notre métier : créateur de bonheur »

« Au-delà du voyage, vos plus belles émotions »

« Nous fabriquons du sourire »

« Partout, rien que pour vous »

« Ouvrons d'autres horizons »

« À mille lieues du quotidien »

« Tant d'histoires à venir »

« Les vacances dont vous êtes le héros »

« Eat, drink and be happy » (Mangez, buvez et soyez heureux)

« Le bonheur sur terre »

« Des océans d'expériences »

«Le monde à votre façon»

«Les meilleurs prix. Des gens exceptionnels»

«Découvrez un nouveau monde»

«Les émotions commencent ici», etc.

Afin de ne pas faire de (mauvaise) publicité aux marques en question, elles ne sont pas mentionnées. On peut en revanche citer ouvertement le slogan d'Air France, abandonné en mars 2014: «Faire du ciel le plus bel endroit de la terre» – dernièrement un des plus inspirés du secteur.

# J

## *J'AI TOUJOURS RÊVÉ D'Y ALLER*

Phrase précédée par le nom d'à peu près tous les pays et toutes les villes du monde, puis généralement suivie de : « Mais malheureusement je n'ai jamais pu. » Et d'une explication du type : « Parce que, quand j'étais étudiant, j'avais le temps mais pas l'argent, et après on m'a proposé du boulot tout de suite, je ne pouvais pas me permettre de dire non, tu comprends ? Alors j'ai commencé à travailler et, après, j'avais l'argent mais plus le temps. » Puis généralement suivie d'une pause. Puis d'un ange qui passe, suivi par trois points de suspension. Voire quatre. Et ponctué par un « Mais un jour j'irai ! » tonitruant, beau, héroïque, avec un grand incendie dans les yeux, ou peut-être seulement quelques flammes, ou peut-être rien que deux ou trois braises, mais toujours brûlantes, car les rêves ne s'éteignent pas.

## *J'IRAI CRACHER SUR VOS TONGS*

Éléments incontournables de la panoplie du touriste, les tongs ont été inventées en Égypte il y a 5 000 ans. Véritables strings pour pieds, elles ont été réinventées au Brésil – patrie du string s'il en est – dans les années 1920. Appelées *gougounes* au Québec, *zori* au Japon, *slaches* en Belgique (parce que lorsqu'on marche avec des tongs en Belgique, ça fait « slache, slache ») ou encore *flip flop* aux États-Unis (parce que lorsqu'on marche avec des tongs aux États-Unis, ça fait « flip flop »), elles sont si omniprésentes en été qu'on pourrait croire que cette saison n'existerait pas sans elles. Chaque année, il s'en vend 200 millions de paires dans le monde ! Un cauchemar pour les podophobes (ceux qui ont la phobie des pieds) et un rêve devenu réalité pour les fétichistes ou pour la firme brésilienne Havaianas, leader incontesté du secteur (75 % des parts de marché). Au rayon insolite : les tongs fluorescentes pour ne pas se faire écraser les orteils en boîte de nuit, les tongs avec décapsuleur de bouteilles intégré sous la semelle et même les tongs à lanières d'or ou de diamants du bijoutier H. Stern (entre 4 000 et 20 000 euros). Ce ne sont probablement pas celles-ci qui sont lancées au « championnat du monde de lancer de tongs avec le pied » où, pour info, le record est toujours de 34,77 mètres.



## *JE ME SOUVIENS*

La mort sera sans doute l'unique voyage où l'on ne pourra pas acheter de souvenirs. Dieu ne nous vendra pas de set de table à son effigie, ni de tee-shirt *I love Paradise*, ni de bol avec notre prénom inscrit dessus, comme c'est le cas dans toutes les boutiques de tous les sites touristiques du monde… C'est peut-être dommage. Si les personnes ayant vécu une expérience de mort imminente avaient pu rapporter un mug ou une boule à neige de l'Au-delà, on leur accorderait certainement l'attention qu'elles méritent. Car tous ces petits objets que l'on ramène dans nos bagages servent avant tout à dire une chose: «J'y étais et je le prouve.» Ceux que le hasard nous offre ou que l'on se fabrique soi-même (des chansons de voyage*, un ticket de bus ou un morceau de brique rouge arraché à un temple Cham) font également l'affaire. Pour Chateaubriand, le grand romantique français, vicomte et néanmoins *tomb raider* (pilleur de tombe) avant l'heure, le meilleur souvenir de voyage est d'ailleurs un souvenir volé: «En descendant de la citadelle, je pris un morceau de marbre du Parthénon. J'avais aussi recueilli un fragment de la pierre du tombeau d'Agamemnon; et depuis j'ai toujours dérobé quelque chose aux monuments sur lesquels j'ai passé», avoue-t-il sans vergogne dans *L'Itinéraire de Paris à Jérusalem*.



Pour d'autres, leurs souvenirs seront plutôt liés aux rencontres, à des mots et des regards échangés, à des aventures culinaires extrêmes (*Voir Bizarre foods*), des sensations visuelles ou olfactives (Pasolini a écrit un livre sur *L'Odeur de l'Inde*), à toutes ces choses immatérielles et difficiles à fixer. D'autres encore – les plus intrépides? – ne se contenteront pas de remplir leur mémoire ou celle de leur ordinateur et voudront «être marqués» physiquement, porter sur eux une trace visible de leur voyage: ils reviendront de Thaïlande avec leur animal totem ou un Bouddha tatoué sur le bras. Quant aux plus timorés, ou plus chanceux (parfois l'animal totem en question est un pingouin), ils pourront éventuellement se contenter d'un coup de soleil, ce tatouage du pauvre, ce souvenir sur la peau d'une seule couleur rouge et délébile.

## *JETLAG*

C'est en 1884, durant la conférence internationale de Washington, que l'on décide pour la première fois de partager le globe terrestre en 24 fuseaux horaires. Au grand désespoir de la France, le méridien de Greenwich est préféré à celui de l'observatoire de Paris en tant que « méridien zéro ». L'objectif? Coordonner le temps pour faciliter les voyages en train, qui se font alors dans un chaos horaire difficile à imaginer de nos jours. Aux États-Unis par exemple, certaines gares utilisaient six heures distinctes en fonction des destinations et des compagnies de chemin de fer, et ces dernières réglaient leurs horloges par rapport à l'emplacement de leur siège social et non par rapport au lieu de départ ou de passage du train !



L'adoption du Temps universel coordonné (UTC) est une révolution conceptuelle comme il y en a eu peu dans l'Histoire. Elle a été rendue possible grâce aux travaux du mathématicien italien Quirico Filopanti et de l'ingénieur canadien Sandford Fleming, premiers visionnaires à proposer la subdivision en fuseaux de la surface terrestre. Cependant, si les deux hommes résolvent un problème, ils en « inventent » un autre : le *jetlag*, le syndrome du décalage horaire. À cette époque, aucun voyageur n'en souffre encore, car les trains ne se déplacent pas assez vite. C'est seulement avec les premiers vols intercontinentaux que le mal apparaît au milieu du XXe siècle. Dérèglement de l'horloge biologique interne caractérisé par une sensation de fatigue, des troubles du sommeil, un manque de concentration, une irritabilité accrue, etc., le *jetlag* provoque un brouillage sensoriel qui met le voyageur en décalage avec son propre corps. En général, les symptômes disparaissent en quelques jours et n'entraînent pas de conséquences graves. Mais pour Sarah Krasnoff, « jetlageuse » de l'extrême, ce ne fut pas le cas.

L'histoire se déroule dans le ciel en 1971. Elle a comme personnages principaux une grand-mère de 74 ans, Sarah Krasnoff, et son petit-fils de 14 ans, Howard. Lorsque celle-ci apprend que les lois américaines ne sont pas valables dans l'espace aérien international, elle décide, pour conserver la garde d'Howard, de l'embarquer dans un des voyages les plus insolites de l'aéronautique. Tous les jours pendant quasiment deux mois, ils voleront de New-York à Amsterdam et d'Amsterdam à New-York, ne s'arrêtant que quelques heures dans les aéroports pour changer d'avion. Les chiffres de cette curieuse boucle céleste sont impressionnants : plus de 100 000 dollars dépensés pour une centaine de billets en première classe, 1 200 heures de vol et 720 000 kilomètres parcourus ! Aux questions du personnel de la KLM, la compagnie aérienne néerlandaise utilisée pour faire leurs allers-retours, le petit-fils avait l'habitude de répondre : « Grand-Mère aime voler. » Malheureusement pour M$^{me}$ Krasnoff, son organisme aimait moins. Le 1$^{er}$ septembre 1971, épuisée par la centaine de décalages horaires consécutifs, elle meurt d'une crise cardiaque à Amsterdam. Il était là-bas une heure du matin. Mais à l'horloge biologique interne de la « Mamie volante », qui sait quelle heure il était vraiment ?

# L

## « L'ENFER, C'EST LES AUTRES »

Comme le disait Garcin, le personnage imaginé par Jean-Paul Sartre dans *Huis-clos*: « L'enfer, c'est les autres. » Trop de touristes sur vos photos de vacances ? La technologie est là pour les faire disparaître ! Si vous utilisez un boîtier numérique, posez-le sur un trépied et prenez plusieurs photos avec exactement le même cadrage, toutes espacées de quelques secondes afin que les intrus que vous désirez effacer soient en mouvement ou ne soient jamais positionnés au même endroit. Ensuite, ouvrez Photoshop (le logiciel de retouche que l'on utilise pour le traitement des images numériques) puis allez dans les onglets « Fichier »/ « Script »/« Statistiques ». Choisissez « Moyenne » et sélectionnez vos photos. Photoshop va alors chercher les différences entre chacune d'elles et supprimer ces différences automatiquement. Toutes les personnes qui auront bougé seront donc effacées, il ne restera plus que des paysages nus et des sites et monuments déserts sur vos clichés. Et si vous utilisez un smartphone, c'est encore plus simple : les applications du genre Inpaint ou Scalado Remove vous permettent de gommer n'importe quel objet, touriste ou *persona non grata*, en à peine quelques clics.

## *LA CROISIÈRE ABUSE*

Longtemps considérés comme des annexes de maison de retraite pour gens fortunés et fans d'aquagym, les paquebots ne cessent d'évoluer et d'attirer de plus en plus de croisiéristes (28,2 millions en 2018, dont 62 % de Nord-Américains, avec une moyenne d'âge de 41 ans). Autrefois utilisés pour traverser les océans d'un point A à un point B, ces géants des mers font désormais principalement des circuits (35 % dans les Caraïbes, 20 % en Méditerranée) et sont même devenus des destinations à part entière. C'est la compagnie maritime américano-norvégienne Royal Carribean qui possède les six plus grands navires de croisière du monde (*Harmony of the Seas*, *Oasis of the Seas*, *Allure of the Seas*, *Quantum of the Seas*, *Anthem of the Seas*, *Symphony of the Seas*), chacun mesurant plus de 348 mètres de long, soit plus que trois terrains de football mis bout à bout! Pour exemple, l'*Harmony of the seas* a été construit à Saint-Nazaire en 2015 pour un coût évalué à 900 millions d'euros. Long de 362 mètres, pesant 100 000 tonnes et pouvant atteindre une vitesse maximale de 20 nœuds, il a été mis en service en 2016. Gigantesque ville flottante, il accueille à son bord plus de 6 300 passagers et 2 394 membres d'équipage. Constitué (entre autres) de 525 000 m² de tôle d'acier, de 5 000 kilomètres de fil électrique et de 90 000 m² de moquette, il comprend une vingtaine de piscines, un simulateur de surf, une patinoire, un mini-golf, un mur d'escalade de plus de 12 mètres de haut, une tyrolienne de 25 mètres, un casino, un amphithéâtre, un spa, un parc avec plus de 12 000 plantes et arbres, 15 ponts, des dizaines de boutiques et de restaurants et même un *bionic bar* où les *barmen* sont des robots !

## LAÏKA

Le voyage dans l'espace a toujours été réservé à une élite. À ce jour, seuls un peu plus de 500 *Homo sapiens* d'une trentaine de nationalités différentes ont eu la chance d'explorer « l'après-ciel » – très majoritairement des Américains (plus de 300), des Russes ou ex-Soviétiques puis, loin derrière, des Canadiens, des Français et des Japonais. Mais on oublie souvent de compter parmi ces « élus » toutes les bestioles improbables envoyées dans la stratosphère sans qu'on leur ait demandé leur avis : mouches, vers de terre, coléoptères, tortues, poissons, araignées, lapins, fourmis, grenouilles, grillons, escargots, oursins, mites, crevettes, méduses, papillons, scorpions, cafards, souris... et, bien sûr, de nombreux singes et chiens.



La star de cette ménagerie spatiale internationale s'appelle Laïka, une petite bâtarde husky-fox-terrier de trois ans qui avait été abandonnée dans les rues de Moscou. Le 3 novembre 1957, quatre ans avant Youri Gagarine, elle fut le premier être vivant mis en orbite autour de la Terre et, à ce titre, demeure toujours le seul quadrupède honoré sur le très *select* Monument des Conquérants de l'Espace. Choisie pour son calme et sa docilité, mais aussi parce qu'une femelle urine sans lever la patte (détail important qui permit aux ingénieurs soviétiques de construire une cage nécessitant moins d'espace dans la capsule), la cosmonaute canine dut s'entraîner aussi intensivement que ses collègues humains. Pendant plusieurs semaines, elle fut placée dans une centrifugeuse qui simulait l'accélération subie au lancement de la navette spatiale, puis dans des machines reproduisant les bruits qu'elle pourrait entendre à bord. Il fallut également lui apprendre à supporter sa combinaison spatiale, qui l'obligeait à rester couchée.

Lorsque le grand jour arriva, cela faisait déjà soixante-douze heures que Laïka était installée dans la capsule. Son rythme cardiaque, qui était normalement de 103 pulsations par minute, atteignit jusqu'à 240 pendant la phase de décollage puis, après trois heures en impesanteur, redescendit à son rythme initial. Un problème technique avait fait monter la température à 40 °C mais son odyssée de l'espace semblait se dérouler comme prévu. Elle ingurgita normalement son plateau-repas*, un gel nutritif à base de tissus animaux mélangés à de la viande, du pain en poudre et de la graisse. Pourtant, après cinq heures de vol, elle mourut. Ce qui s'est vraiment passé (asphyxie, hyperthermie, terreur, émerveillement ?) et ce que ses yeux de toutou ont vu, personne ne le saura jamais.



Construit en toute hâte par l'URSS, pour envoyer un premier être vivant dans l'espace avant les Américains et célébrer avec éclat le 40e anniversaire de la révolution d'Octobre, le satellite Spoutnik 2 ne fut peut-être finalement rien d'autre... que le cercueil high-tech le plus cher jamais construit pour un canidé ! Pendant cent soixante-trois jours, le corps sans vie de la première chienne de l'espace tourna 2 570 fois autour de la Terre puis, le 14 avril 1958, il se désintégra en entrant dans l'atmosphère terrestre quelque part au-dessus des Antilles.

## *LATOUREX*

Vraisemblablement très inspiré par l'OuLiPo, l'Ouvroir de Littérature Potentielle fondé en 1960 par l'écrivain et mathématicien François Le Lionnais (dont Raymond Queneau et Georges Perec étaient les membres les plus emblématiques), Latourex est l'acronyme de Laboratoire de Tourisme Expérimental. Sur son site *www.latourex.org*, il propose cent formes de tourisme avec contraintes décalées et ludiques pour ceux qui ne savent plus ni où aller, ni pourquoi, ni comment.

Le *body tourism* consiste par exemple à ne se rendre que dans des villes ou des villages portant des noms liés au corps humain : Anus (dans l'Yonne), Bras (dans le Var), Gland (dans le canton de Vaud en Suisse), L'Œil (dans la Creuse), Corps ou La Tronche (en Isère), Jambes (en Belgique), Ongles (dans les Alpes-de-Haute-Provence), Oreille (en Savoie), Os (en Norvège), Ventre (dans le Puy-de-Dôme) ou encore Verges (dans le Jura).



Le « pelerinotourisme » doit être, comme son nom l'indique, uniquement pratiqué avec un vêtement à capuchon sans manches qui protège de la pluie ; il a pour seul but d'aller faire du tourisme dans un lieu où l'on s'est déjà rendu, mais pour une raison tout à fait différente. Le « tichotourisme », lui, se concentre sur la visite de tous les murs célèbres : le mur de Berlin, le mur d'Hadrien près de la frontière anglo-écossaise, le mur des Lamentations à Jérusalem, la Grande Muraille de Chine, etc.

Quant au « tourisme impressionniste », il propose à ses adeptes de revisiter les tableaux des grands maîtres du genre et d'aller passer *Un dimanche après-midi à l'île de la Grande Jatte* comme dans la peinture de Seurat, de partir à *La Pêche au printemps, pont de Clichy* (Van Gogh), d'emprunter *La Route d'expédition de Cardiff* (Sisley) ou d'organiser un *Canotage sur le fleuve Epte* (Monet).

## *LE VOYAGEUR CONTEMPLANT UNE MER DE NUAGES*

Au premier plan, un homme en redingote vert sombre, vu de dos, tient une canne de marche dans sa main droite. Seul face à l'infini, il est debout sur un rocher surplombant un précipice, le pied gauche en avant et le regard lointain, triomphal comme s'il venait de terrasser la Création tout entière. Ses cheveux, nus, volent au vent devant un paysage tourmenté par les nuages et la brume blanche cotonneuse, d'où jaillissent des crêtes montagneuses noires, asymétriques et inquiétantes. Œuvre phare du romantisme et de la « tragédie du paysage », *Le Voyageur contemplant une mer de nuages* est un tableau du peintre allemand Caspar David Friedrich (1774-1840). Révolutionnaire à l'époque, cette mise en scène de l'homme contre la nature est devenue, avec le temps, un classique – ou un cliché – des portraits-photos des baroudeurs du monde entier. Mais si le personnage était de dos au début du XIXe siècle, mode du selfie* oblige, il est désormais de face, en gros plan, et on ne voit presque plus le décor alentour. Le paysage préféré des « smartphoneurs » serait-il devenu… leur propre visage ?

# M

## *MIGRATIONS ANIMALES*

Chaque année, pour survivre, se reproduire et perpétuer leur espèce, des milliards d'animaux entreprennent de périlleux périples dont beaucoup ne reviennent pas. Parmi eux, des oiseaux, des tortues, des buffles ou des saumons, mais également de nombreux autres beaucoup plus inattendus. Par exemple les moules. Certaines variétés de ces mollusques bivalves – sans organes sensoriels ni cerveau, et que l'on croyait pour ces raisons à jamais fixés à leurs rochers tels de petits Sisyphes aquatiques – peuvent en effet se déplacer sur une très longue distance. En 2011, des chercheurs portugais du Centre des sciences de la mer (CCMAR) ont notamment découvert, dans la région de Vilamoura et sur l'île du Farol au Portugal, une espèce originaire… d'Afrique ! Ces jolies moules couleur noisette, dont le nom scientifique est *Perna perna*, n'avaient jusqu'alors jamais été répertoriées dans l'Atlantique européen. Selon l'équipe de spécialistes de l'université d'Algarve, c'est le réchauffement climatique global et la hausse de la température de la surface de l'océan qui aurait provoqué leur migration vers les côtes lusitaniennes.

Tout aussi surprenant, plusieurs types de chauves-souris natives d'Europe de l'Est n'hibernent pas. Elles parcourent elles aussi des milliers de kilomètres pendant des mois, se dirigeant par écholocalisation et volant uniquement la nuit. Mais pour des raisons étranges encore non élucidées (la fiscalité? Le gruyère?), elles ne se rendent que dans un seul pays: la Suisse! Parmi ces chiroptères migrateurs aux noms les plus poétiques: la Sérotine bicolore ou la Pipistrelle de Nathusius, un spécimen minuscule qui pèse entre 5 et 10 g.

Les zooplanctons, êtres marins microscopiques aux physiques inquiétants et parfois bioluminescents, pratiquent quant à eux une migration dite verticale. La nuit, ils remontent vers la surface pour se nourrir puis redescendent dans les profondeurs (jusqu'à plus de 200 mètres, une distance gigantesque à leur échelle) pour échapper à leurs prédateurs. Cette migration est considérée comme la plus grande dans le monde en termes de biomasse (c'est-à-dire la masse totale de matière vivante dans un environnement donné).



Mais le plus insolite des voyages migratoires est certainement celui que divers parasites accomplissent à l'intérieur du corps humain! Un des plus actifs, l'*Ascaris lumbricoides*, infecte plus d'un milliard de personnes et en tue 60 000 chaque année, selon l'Organisation mondiale de la santé. C'est en ingérant des crudités ou en buvant de l'eau contenant des œufs embryonnés infectieux que les gens se retrouvent colonisés. Les œufs donnent naissance à des larves qui doivent franchir plusieurs organes pour atteindre leur stade final de développement. Elles migrent d'abord dans les poumons, transportées par la veine porte, puis par la circulation systémique. Après y avoir effectué une maturation d'une quinzaine de jours, elles remontent finalement l'arbre bronchique et sont avalées avant de se transformer dans l'intestin grêle, terminus du voyage. Le parasite adulte ressemble alors à un lombric blanc qui peut atteindre 30 cm de long. Il peut vivre à l'intérieur du corps du malade pendant une ou deux années, nourri, logé et promené aux frais du prince ou de la princesse. Mais ce n'est peut-être que justice... Il y a tant d'animaux utilisés comme montures depuis des millénaires (éléphants, rennes, chameaux, lamas, chevaux, yacks, etc.), que l'homme force à voyager à travers le monde sans jamais leur demander leur avis ! Il est normal que de temps à autre les rôles s'inversent. Nous serons tous, un jour, le poney de quelqu'un.

## *MILLIARDIÈME TOURISTE*



En 2012, pour la première fois dans l'histoire de l'humanité, un milliard de touristes ont été recensés dans le monde. C'est 40 fois plus qu'en 1950, où il y en avait eu seulement 25 millions, et 2,5 fois plus qu'en 1990. Pour fêter l'événement, l'Organisation mondiale du tourisme (OMT) a choisi M^me^ Dale Sheppard-Floyd – une Anglaise venue passer trois jours de vacances à Madrid – pour symboliser la milliardième touriste. D'elle, on ne sait rien. On la voit juste en photo sur internet, arborant un beau sourire, un bronzage à l'anglaise et une pancarte annonçant : « Un milliard de touristes, un milliard d'occasions d'agir. » Si, comme l'écrivait l'ethnologue Marc Augé dans son essai *L'Impossible voyage. Le tourisme et ses images*, « le tourisme, c'est la forme achevée de la guerre », alors M^me^ Dale Sheppard-Floyd en est le Soldat inconnu, mais en version féminine et vivante. Elle a été choisie au hasard pour représenter les 999 999 999 autres touristes « morts au combat » sur un marché de Ouagadougou, Hanoï ou Bogotá, alors qu'ils bataillaient férocement pour faire baisser le prix d'une canette de Coca-Cola pas fraîche.

## *MISS TRAVEL*

*MissTravel.com* est le premier « site de rencontre de voyage », créé en 2010 par l'entrepreneur américano-singapourien Brandon Wade. Comme il est expliqué dans la publicité, « MissTravel.com a été pensé pour résoudre le dilemme du voyageur solitaire et fortuné, en faisant se rencontrer les généreux voyageurs qui ont l'argent, mais qui manquent de compagnie, et les amateurs de voyage au physique attractif, qui ne disposent pas des ressources financières nécessaires pour le faire ». Le site propose donc, d'une façon tout à fait légale, de mettre en relation de jolies jeunes femmes (ou de séduisants jeunes hommes) avec de riches voyageurs qui sont prêts à leur offrir billet d'avion, chambre d'hôtel, restaurant, etc., en échange de leur « compagnie ». Mais que se cache-t-il exactement sous ce mot ? Rien de plus qu'un échange de bons procédés ? Après le tourisme sexuel, viendrait-on d'inventer la prostitution touristique ?

# N

## *NARCOTOURISME*

Pour certains globe-trotters hypersensibles ou enclins aux jubilations superlatives, le voyage serait « la plus belle des drogues qu'on puisse s'injecter ». Ils se voient « accro » à la bourlingue et au décalage horaire, constamment « en manque » de sensations fortes et d'exotisme, « planent » ou « trippent » à la seule vue d'une mappemonde. D'autres n'en font pas qu'une question de mots et ne se contentent pas du champ lexical transversal qui relie le voyage aux narcotiques. S'ils partent en vacances à l'étranger, c'est vraiment pour se droguer, dans des pays où les législations sont plus permissives quand elles ne les y autorisent pas complètement.



Parmi les lointaines destinations aux spécialités stupéfiantes : l'île de Gili Trawagan en Indonésie et ses milkshakes de chanterelles psychédéliques ; le Cambodge et ses « happy pizza » aux fines herbes qui font rire ; la Bolivie et ses bars à cocaïne ; le Maroc, l'Afghanistan ou le Népal et leur « haschisch aux pays des merveilles » ; l'Uruguay et deux États américains (Colorado et Washington), où l'usage de la marijuana à des fins récréatives est légalisé depuis 2014 ; le Pérou, patrie de l'ayahuasca, la « liane des esprits » consommée à l'origine uniquement par les chamanes des tribus amazoniennes.

Plus près de nous, en Europe, la destination phare du narcotourisme est sans conteste Amsterdam et ses 200 *coffee-shops* (il y en a environ 700 en tout aux Pays-Bas, disséminés dans une centaine de villes). Depuis 1976, marijuana, haschich, champignons hallucinogènes, plantes psychotropes et autres *space cakes* (des « gâteaux de l'espace » à base de cannabis ou d'herbe, beaucoup plus puissants qu'un joint) y sont vendus librement à toute personne majeure, avec une limite fixée à cinq grammes par jour. 90 % des clients sont des étrangers et le business – selon les sources – rapporterait entre deux et quatre milliards d'euros par an aux fabricants, aux commerçants et à l'État néerlandais. Malgré cette manne financière considérable, le gouvernement avait pourtant envisagé, en 2012, de faire de la Hollande l'autre pays du sevrage en limitant l'accès de ses *coffee-shops* à ses ressortissants et aux seuls Belges et Allemands, citoyens des deux pays limitrophes. Finalement, ce projet a été abandonné et les Pays-Bas demeurent encore, à ce jour, le Saint-Jacques-de-Compostelle des pèlerins aux yeux rouges.



## *NEUF YEUX*

Depuis le lancement de Google Street View, le 25 mai 2007, le voyage virtuel et immobile (le voyage tout court ?) a radicalement changé. Grâce à de larges photographies panoramiques qui fournissent une vue à 360° d'une rue en n'importe quel point donné de celle-ci, on peut désormais « visiter » une grande partie du monde assis devant son écran d'ordinateur. C'est ce qu'a fait l'artiste canadien Jon Rafman pour réaliser son œuvre intitulée *9-Eyes*, un tumblr (microblog idéal pour partager des liens trouvés sur le web) dont le titre signifie « neuf yeux » et se rapporte aux neuf objectifs initialement présents sur les caméras directionnelles utilisées à l'époque par Google (elles en comportent désormais quinze). Pendant des jours et des nuits (« Quand j'ai commencé, je pouvais me faire des marathons de douze à seize heures, complètement drogué à la Ritaline, en ne mangeant presque pas » avoue-t-il lors d'un entretien avec un journaliste du magazine *Vice*), Rafman a exploré en détail le monde à travers Google Street View pour en isoler des images poétiques, violentes, merveilleuses, surréelles, effrayantes ou drôles, et les exposer ensuite en tant qu'œuvres d'art. Un tigre se promène en liberté sur un parking en plein centre-ville ; un homme déguisé en super-héros dort sur un banc ; deux jeunes filles tiennent des hamsters en laisse ; une femme se fait tirer par les cheveux et traîner par terre sur la route ; une prostituée montre ses fesses à la caméra ; un vieillard en jogging, arrêté à un passage piéton, tient un revolver dans sa main ; etc. Il y a dans ces images « un sentiment d'urgence, que je trouvais assez présent dans la photographie de rue du XIXe et du début du XXe siècle. Avec son regard robotique prétendument neutre, la photographie Street View bénéficie d'une spontanéité qui ne sera jamais maculée par la sensibilité et les projets d'un photographe humain » théorise Jon Rafman.

# O

## *OBJETS VOYAGEURS*

Tout comme les humains et les animaux, certains objets peuvent partir sur les mers pour faire des voyages insolites en solitaire. En 1992, au large des îles Aléoutiennes (situées dans la ceinture de feu du Pacifique, au sud-ouest de l'Alaska), un navire battant pavillon taïwanais est pris dans une tempête. Malmené par des vagues de 10 mètres de haut, l'*Ever Laurel* de l'armateur Evergreen perd 12 de ses containers d'où s'échappent 28 800 castors, tortues, grenouilles et canards... en plastique. Dispersés par les courants, certains de ces jouets de bain insubmersibles traversent le détroit de Behring, continuent leur route vers le Groenland ou accostent à Hawaï. En 2002, soit dix ans après l'accident, on en retrouve encore à New-York, en Écosse, en Bretagne, à Tahiti, en Australie, au Chili.

En 1997, le porte-conteneurs *Tokio Express* déverse 4,8 millions de Lego dans la mer Celtique (353 264 marguerites en plastique, 4 200 pieuvres noires, 33 941 dragons et 33 941 petites palmes et tubas). Dix-sept ans après, personne n'a jamais repéré ces jouets ailleurs que sur les côtes de Cornouailles ! « Où se trouvent les autres pièces ? C'est un mystère » concède l'océanographe américain Curtis Ebbesmeyr.

En 2012, un an après le tsunami au Japon, la Harley Davidson de M. Ikuo Yokoyama est retrouvée à 6400 kilomètres de là, en Colombie-Britannique (Canada). Rouillée mais presque entière, elle avait conservé sa plaque d'immatriculation, ce qui permit au consulat japonais à Vancouver de remonter jusqu'à son propriétaire.

En 2013, toujours en provenance du pays du Soleil-Levant (*Voir Périphrases*), un petit bateau de pêcheurs de six mètres de long débarque, seul, sur les rives de Crescent City en Californie ; une autre embarcation japonaise est signalée à Hawaï ; un ballon de foot sur lequel était inscrit le nom de son propriétaire – un lycéen de la ville de Rikuzentakata – est même repêché en Alaska ! Selon le gouvernement nippon, 1,5 million de tonnes de débris aurait été projeté dans l'océan après la catastrophe du 11 mars 2011.



Grands classiques des objets voyageurs, de nombreuses bouteilles à la mer sont retrouvées chaque année sur des plages parfois très éloignées de l'endroit où elles ont été jetées. En 2014, une bouteille lancée entre le Nunavut et le Groenland est récupérée en Irlande, une autre en provenance de Floride échoue sur une grève du Morbihan.

Le record de la plus vieille bouteille parvenue jusqu'à nous est de presque 101 ans. Elle avait été jetée à la mer (Baltique) en mai 1913 par un jeune Allemand de 20 ans, Richard Platz, et a été retrouvée par un pêcheur en 2014.

Le précédent record était de 97 ans et 309 jours. Lancée en juin 1914 (avec 1889 autres bouteilles) par l'école de navigation de Glasgow pour étudier les courants océaniques autour de l'Écosse, son message promettait une récompense de six pences à celui qui la trouverait et la rapporterait. Très curieusement, la bouteille a été repêchée à moins de 10 milles nautiques de l'endroit où elle a été abandonnée il y a presque un siècle. Elle aura donc parcouru à peine 18,52 kilomètres, soit 190 mètres par an ou 52 centimètres par jour.

# P

## *PASSAGER CLANDESTIN*

Les premiers engins à moteur capables de décoller datent de la fin du XIXe siècle. Aussi bref soit-il, chaque envol de ces aéroplanes plus lourds que l'air est alors une aventure merveilleuse et périlleuse, une justification du rêve millénaire d'Icare : domestiquer la gravité. Aux États-Unis, le 17 décembre 1903, les frères Wright parcourent 284 mètres dans les dunes de Kitty Hawk (Caroline du Nord), réalisant ainsi le premier vol motorisé contrôlé de l'histoire. Un peu plus tard, Louis Blériot, Roland Garros et Charles Lindbergh traversent respectivement la Manche (1909), la Méditerranée (1913) et l'Atlantique (1927) en solitaire. C'est l'époque des pionniers et ces « merveilleux fous volant dans leurs drôles de machines » forment une sorte d'élite de l'air, tout à la fois militaires et visionnaires, pilotes et concepteurs d'avion, mécaniciens aussi.

Arthur Schreiber n'entre dans aucune de ces catégories. Pourtant, il est lui aussi à sa façon un précurseur : c'est le premier passager clandestin de l'histoire de l'aéronautique. Le 13 juin 1929, ce jeune Américain de 22 ans se glisse en douce dans l'*Oiseau Canari*, un monoplan à ailes hautes à bord duquel trois Français (Jean Assollant, René Lefèvre et Armand Lotti) projettent de traverser l'Atlantique. À 10 heures, l'avion – déjà en surcharge car il lui faut emporter 4 500 litres de carburant – décolle d'une plage au nord de Boston. L'envol est laborieux et l'*Oiseau Canari* évite de justesse de s'écraser contre la jetée. Les navigateurs ne comprennent pas. Il leur semblait avoir tout calculé avec la plus grande précision, et avoir parfaitement effectué le centrage de l'appareil en fonction de son poids exact. Mais c'était sans compter les 70 kg d'Arthur Schreiber... Quand celui-ci apparaît dans le cockpit, vêtu de cuir comme un vrai pilote et lançant un désinvolte *Here I am* (« Me voilà ») à l'équipage halluciné, Assollant crie à Lefèvre : « Passe-le par la porte, et vite ! » Heureusement pour le clandestin, Lotti est plus conciliant. Il lui fait néanmoins signer en plein vol un document stipulant qu'il devra partager ses droits d'auteur avec les autres, s'il publie un jour le récit de ses aventures. Après avoir jeté le matériel de survie, les sacs postaux et les bouteilles de champagne prévues pour l'arrivée, la traversée continue plus ou moins comme prévu. Quand l'*Oiseau Canari* atterrit sur le sol français, le 16 juin 1929, le jeune homme déclare en toute simplicité : « J'ai voulu comme Lindbergh traverser l'Atlantique en avion et, comme je ne sais pas piloter, il a bien fallu que je m'arrange comme je pouvais ! »



## *PAYS LE PLUS VISITÉ AU MONDE*

Selon l'Organisation mondiale du tourisme (OMT), la France est chaque année le pays le plus visité au monde. C'est vrai et c'est faux. Si l'on s'en tient aux chiffres, elle n'arrive qu'en deuxième position car elle est devancée, et de très loin, par un autre pays qui accueille tous les ans plus de 100 millions de visiteurs (contre 83,7 pour la France en 2018). Un pays qui plus que tout autre est synonyme de rêve, de bonheur et d'évasion. Un pays où chaque histoire commence par « Il était une fois » et se termine par « Ils vécurent heureux et eurent beaucoup d'enfants » : le pays de Walt Disney. Sa devise est *Where Dreams Come True* (« Où les rêves deviennent réalité ») et il est composé de six entités réparties sur trois continents : Disneyland à Anaheim en Californie, le premier parc à thèmes de l'Histoire (1955) ; Walt Disney World à Orlando en Floride (1971) ; Tokyo Disneyland au Japon (1983) ; Disneyland Paris en France (1992) ; Hong Kong Disneyland en Chine (2005) et enfin le petit dernier Shanghai Disneyland (2016).



Mais qu'est-ce qui peut pousser à se rendre dans un pays fictif plutôt que dans un vrai pays ? La nature est-elle trop naturelle et la réalité si mal rangée ? Il est clair qu'en se promenant sur Main Street, la rue principale et emblématique située à l'entrée de tous les parcs Disney (sauf à Tokyo), on ne risque pas de se blesser en se heurtant au réel : celle-ci est même recouverte d'un bitume spécial appelé « asphalte résilient » qui ne fait pas mal aux pieds ! Au pays de Riri, Fifi et Loulou, tout est construit et scénarisé pour donner l'illusion du vrai, mais en mieux. Une technique utilisée au cinéma, « la perspective forcée », fait croire que les immeubles sont de taille ordinaire alors que leur second étage est 30 cm moins haut que la normale (s'ils avaient une taille réelle, ils auraient été trop grands par rapport au château de la Belle au bois dormant) ; les fenêtres des devantures des magasins sont toutes surbaissées pour que les plus petits puissent aussi voir à l'intérieur; les pavés rouges des trottoirs permettent de créer une harmonie et de renforcer la beauté des espaces verts (le rouge et le vert sont des couleurs complémentaires qui se mettent mutuellement en valeur), etc.

Inspirée par un boulevard de Marceline, la petite ville du Missouri où Walter Elias Disney (1901-1966) a passé une partie de son enfance, Main Street se veut le symbole de l'Amérique à papa tranquille et triomphante du début du XX^e^ siècle. D'ailleurs, en hommage à son propre père qui était barbier, on trouve toujours dans cette rue idéale parfumée à la nostalgie un *barber shop* « à l'ancienne », où on peut aller se faire caresser la mémoire dans le sens du poil. Tout est là, dès la première rue : Disneyland, c'est le doux rêve familier et familial qui se transmet de génération en génération et d'imaginaire en imaginaire depuis bientôt soixante ans, et qui occupe désormais une place de choix dans l'inconscient collectif mondial. Les divers « mondes » sur lesquels débouche Main Street (Fantasyland, Frontierland, Adventureland, Tomorrowland, etc.) ne font que confirmer cette impression. Dans ce royaume peuplé de princes charmants en collant mauve et d'animaux asexués, tout est et sera toujours comme dans nos plus beaux rêves d'enfant. Enfin presque... En 2011, une Américaine de 27 ans a porté plainte contre l'entreprise Disney après s'être fait tripoter les seins par Donald Duck. Selon le journal canadien *La Presse*, le palmipède aux mains baladeuses (ou plutôt l'employé qui était dans le costume !) lui aurait causé « cauchemars, problèmes de digestion et divers autres maux ». La jeune femme a exigé « plus de 50 000 dollars en compensation et en dommages-intérêts punitifs ».

## *PAYSAGE ET COLLINE VERDOYANTE*

Dans *Nouvelle vague*, le film de Jean-Luc Godard sorti en 1990, une femme s'ennuie au bord d'un lac, quelque part en Suisse. Elle demande à son mari ce qu'elle doit faire. Agacé, celui-ci lui répond : « Tu admires le paysage ! » La femme ne bronche pas. Elle s'exécute. Tout est normal. Au XX$^{e}$ siècle, admirer le paysage est en effet une pratique courante, une occupation indissociable du voyage, parfois même un moment de recueillement qui touche au sacré. Pourtant, et cela peut paraître curieux de nos jours, il n'en a pas toujours été ainsi. Lorsque les premiers touristes – ceux du Grand Tour* – sont apparus au XVII$^{e}$ siècle, ils voyageaient pour visiter des vestiges antiques, se familiariser avec les mœurs culturelles ou les pratiques sexuelles des habitants des autres pays, mais certainement pas pour s'extasier devant une colline, verdoyante ou pas ! Dans ses nombreuses *Lettres* (plus de 1200), la marquise de Sévigné (1626-1696), qui se rendait souvent à Fontainebleau pour y suivre la Cour, n'a jamais décrit une seule fois la célèbre forêt qu'elle devait pourtant traverser à chaque voyage ! Un siècle plus tard, le même désintérêt pour le paysage ressortira des *Mémoires* de Casanova (1725-1798), bien que ce dernier ait effectué un circuit de plus de 65 000 kilomètres à travers l'Europe, de Venise jusqu'à Constantinople en passant par toutes les grandes capitales du Vieux Continent. « Je m'embarquai dans une berline avec une dame et sa fille qui allaient à Notre-Dame-de-Lorette. La fille était laide, je fis un voyage assez ennuyeux. » Point. Voilà à quoi ressemblait son trajet entre Paris et Prague.

Ce sont les romantiques qui nous ont incités à contempler le paysage : avec eux, il est devenu le miroir de l'âme (*Voir Le Voyageur contemplant une mer de nuages*). Depuis, pas un coucher de soleil qui ne soit photographié ni un champ de coquelicots qui ne soit « mitraillé » afin de justifier sa couleur rouge. Automnal, enneigé, brumeux, bucolique, industriel, au crépuscule, avec au premier plan des cocotiers ou des chevaux qui se cabrent, le paysage s'admire, se prend en photo, se modifie sur Photoshop et envahit nos fonds d'écran d'ordinateurs. C'est d'ailleurs sur ceux-ci qu'à la fin du XXᵉ siècle, une petite colline de la vallée de Napa en Californie, recouverte d'un gazon vert sous un ciel bleu parsemé de nuages blancs, est devenue l'archétype du paysage moderne. Shootée en 1995 par Charles O'Rear et intitulée *Bliss* (littéralement « Félicité » mais traduit en français par « Colline verdoyante »), la photo a été achetée par Microsoft et installée, en 2001, comme fond d'écran par défaut sur Windows XP. Grâce au succès record de ce système d'exploitation (400 millions d'exemplaires vendus dans le monde, sans compter les copies illégales), elle est devenue, loin devant la *Joconde*, l'image la plus vue de toute l'histoire de l'humanité ! Ironie de la vie, son auteur, comme de nombreux photographes, travaillait sur Mac.



## *PÉRIPHRASES*

Du grec *peri* (« autour ») et *phrazein* (« parler, expliquer »), la périphrase est une figure de rhétorique dans laquelle on substitue à un mot unique une expression plus longue, imagée ou descriptive, qui le définit ou l'évoque. Dans un dialogue extrait du premier long-métrage de Michel Audiard, *Faut pas prendre les enfants du Bon Dieu pour des canards sauvages*, Bernard Blier en donne un exemple très simple :

« J'ai bon caractère, mais j'ai le glaive vengeur et le bras séculier. L'aigle va fondre sur la vieille buse.

— C'est chouette ça, comme métaphore.

— C'est pas une métaphore, c'est une périphrase.

— Ah fait pas chier !

— Ça, c'est une métaphore. »

Pour notre plus grand plaisir littéraire, les pays et les villes du monde n'échappent pas aux périphrases. Enrichissant le langage de jeux de mots et d'images, celles-ci « poétisent » la géographie, transforment un banal nom propre en voyage qui commence déjà avec la syntaxe. Qui ne préfère pas se rendre au pays aux Yeux Bleus plutôt que d'aller simplement en Biélorussie ? Au Royaume dans les nuages plutôt qu'au Lesotho ? Dans la Ville au clair de lune plutôt qu'à Maubeuge, ou encore dans la Capitale de la pipe plutôt qu'à Saint-Claude ? Et la Nation arc-en-ciel (l'Afrique du Sud), ne l'imagine-t-on pas haute en couleurs, fun et accueillante comme une maison de retraite psychédélique pour ex-disciples de Timothy Leary ? Que dire également des périphrases désignant les villes de Cali en Colombie (la succursale du Ciel), Gorée au Sénégal (la Porte de l'aller sans retour), ou encore de celle désignant la Corée du Sud (le pays du Matin Calme) ? On pourrait presque croire que ce sont des slogans d'agence de voyages inventés par des publicitaires avec du talent et des idées...

## *PIN MIRACLE*

Le 11 mars 2011, à 14 h 46, heure locale, un tremblement de terre d'une magnitude 9 suivi d'un tsunami et d'une catastrophe nucléaire ébranlaient le Japon, faisant officiellement à ce jour plus de 18 000 victimes. À Rikuzentakata, une petite ville située dans la préfecture d'Iwate au nord du pays, 1700 habitants trouvèrent la mort, 3 300 bâtiments furent complètement ravagés et la forêt emportée par les vagues géantes. Mais pas entièrement : sur ses 70 000 arbres, un seul pin resta debout. Les Japonais le baptisèrent le « pin miracle ». Âgé d'environ 200 ans, haut de 27 mètres, l'indéracinable conifère, qui avait déjà résisté aux tsunamis de 1896, 1933 et 1960, bravait la mort pour la quatrième fois. Malheureusement, dix-huit mois plus tard, le taux anormal de salinité dans le sol allait avoir raison de lui. Le maire de Rikuzentakata organisa une collecte et réussit à obtenir plus de 150 millions de yens (environ un million d'euros) pour le maintenir en vie artificiellement.



Fin 2012, le « pin miracle » – symbole de combativité et d'espoir pour tous les Japonais – fut découpé en plusieurs sections. On inséra un squelette métallique dans le tronc, tandis que les branches et les feuilles furent soit traitées pour stopper leur putréfaction, soit remplacées par des répliques en résine synthétique. Équivalent végétal de Robocop, le premier arbre bionique était né ! Il est désormais une des attractions phares de la région (rebaptisée *tsunamiland* par la presse…) et les touristes viennent le prendre en photo ou se recueillir devant lui. Et même si le maire reproche un manque de retenue à certains d'entre eux, il les encourage à venir en nombre à Rikuzentakata: «Venez tous voir notre zone sinistrée [...] Nous ne voulons pas être oubliés. C'est notre seul espoir», peut-on lire sur le site internet de la municipalité. Toute l'ambivalence du tourisme – et *a fortiori* de celui qu'on nomme le «tourisme noir» ou *ruin porn** – est là. Comment différencier la solidarité et le devoir de mémoire du voyeurisme? Faut-il visiter les endroits marqués par la mort et les catastrophes naturelles, le Japon ou la Thaïlande post-tsunami, la Nouvelle-Orléans post-Katrina ou encore le mémorial du génocide rwandais, le camp d'Auschwitz, le site Ground Zero à New York? Allons-nous réduire le monde entier et ses habitants à un simple *spectacle*?



## *PIRE HÔTEL DU MONDE*

«Pas de piscine, pas de *room service*, pas de navette pour l'aéroport, pas de suite nuptiale, pas de salle de gym, pas de spa, pas de groom pour porter vos bagages, mais des chambres pas chères, un restaurant, une boîte de nuit, une réception ouverte 24h/24 et 500 lits», voilà le genre de publicité que l'on peut lire sur le site internet du Hans Brinker Budget Hotel d'Amsterdam, l'autoproclamé «pire hôtel du monde».

D'un confort monacal et minimal, ses chambres et ses dortoirs (avec juste un casier de rangement, un lit et une poubelle) feraient passer une cellule de dégrisement à Bratislava pour une suite au Sofitel. Clairement destiné aux *backpackers**, il joue à fond la carte de la dérision et du second degré: si dans la salle de bains on peut tout de même trouver tout ce qui est d'ordinaire fourni lorsqu'on loue une chambre (un savon, un sèche-cheveux, du shampoing, un peigne, etc.), ces objets sont juste dessinés sur des bouts de papier et posés sur le lavabo à la place qu'ils occuperaient s'ils étaient réels ! Se moquant des établissements *eco-friendly*, le Hans Brinker Budget Hotel propose également aux clients, « pour sauver la planète, faire des économies d'énergie et ne pas dépenser les ressources naturelles de façon irresponsable », de prendre des douches froides dans le noir ou de se servir de chaussettes sales en guise de papier toilette. Ses « éco-ascenseurs », ce sont les escaliers ; ses « éco-serviettes de bain », ce sont les rideaux ; quant au « système d'éco-climatisation », il consiste tout simplement à ouvrir ou à fermer la fenêtre des chambres pour avoir plus froid ou plus chaud... Et pour ne pas risquer d'être mal accueilli par les réceptionnistes à l'heure du *check-in*, il vaut mieux préalablement avoir « liké » leur page sur Facebook. Car la devise du Hans Brinker Budget Hotel est simple et cruelle : *Like us before we like you !* (« Aimez-nous d'abord si vous voulez qu'on vous aime ! »)



## *PITTORESQUE*

Dérivé de l'italien *pittore* (« peintre »), ce qui est pittoresque signifie à l'origine (XVIIe siècle) ce qui est digne d'être peint puis, par extension, ce qui a un aspect original, qui séduit par sa beauté ou son étrangeté. C'est-à-dire, pour les marchands de voyages et les offices de tourisme d'aujourd'hui : tout !

Exemple : « Une vache dans son pré, une pomme dans son verger. Promenez-vous dans cette Normandie pittoresque et bien vivante. » (Publicité du comité départemental du tourisme de l'Eure.)

## *PLATEAU-REPAS*

Le premier plateau-repas en avion a été servi le 11 octobre 1919 à bord d'un vol Londres-Paris. Ce qu'il contenait, difficile à savoir : à l'époque, personne n'a eu l'idée de faire un *food selfie* et de le prendre en photo pour le montrer à ses amis... Aujourd'hui, sur le site *www.airlinemeals.net* – le plus grand site web consacré à la nourriture proposée dans les avions –, il y a plus de 36 000 clichés de plateaux-repas de 695 compagnies aériennes différentes ! Il est donc possible de savoir à l'avance ce que l'on va manger et de bénéficier de l'avis précieux des voyageurs qui ont posté, décrit, commenté puis attribué une note à un panini jambon-fromage servi au petit-déjeuner durant un vol Bangkok-Vienne. Généralement, tous ceux qui ont déjà pris un long-courrier sont d'accord : ce n'est pas bon. Mais est-ce véritablement une surprise quand on sait qu'un menu ne revient en moyenne qu'à 2 euros en classe économique, 6 euros en classe affaires et 20 euros en première classe ?

Cependant, la mauvaise qualité des produits, la stratégie consistant à supprimer certains aliments jugés non-indispensables dans un plat (rien qu'en enlevant une seule olive noire dans ses salades, American Airlines prétend avoir économisé plus de 40 000 dollars par an !) ou encore le manque de soin apporté à leur préparation ne sont pas les seules raisons de l'insoutenable insipidité des plateaux-repas. Selon une étude récente menée par des scientifiques de l'université de Manchester, le « bruit blanc » que l'on entend en permanence dans un avion (c'est-à-dire un bruit composé de toutes les fréquences existantes et où chaque fréquence a la même énergie) entrave notre aptitude à distinguer et apprécier le goût du sel et du sucre dans les aliments. L'altitude altère également nos récepteurs olfactifs, la combinaison de l'air sec et des variations de pression réduisant la sensibilité de nos papilles de 30 %. À cela s'ajoute la pressurisation des cabines dans les *jets* modernes, qui fait gonfler nos muqueuses et dessèche notre cavité nasale, empêchant les odeurs et les saveurs de passer et notre cerveau de bien les détecter. Pas étonnant qu'un repas en avion soit rarement une expérience inoubliable… Heureusement, lorsque l'on boit de l'alcool à 10 000 mètres d'altitude, on est ivre plus rapidement !



## *POURCENTAGES*

50 % des touristes qui voyagent plus de trois semaines attrapent la tourista (*Voir Complainte de l'été*) ; lors d'un voyage en avion, 50 % des bagages égarés le sont lors d'un transfert à l'aéroport et 16 % des bagages ne quittent pas l'aéroport de départ ; 19,29 % des individus interrogés ont élu la France « pays le plus désagréable du monde » ; seulement 2 % des femmes seraient tentées par des vacances en solitaire ; si elle existait, 22,9 % des voyageurs aimeraient visiter Gotham City, la ville de Batman ; 56 % des accidents d'avion sont dus à une erreur humaine ; 3 % des vols commis par les touristes dans leur chambre d'hôtel concernent les plantes vertes

(*Voir Au voleur!*); 8% des touristes étrangers sont surpris d'apprendre que les Bretons parlent français; 90% des touristes qui achètent des souvenirs de France sur internet sont des Américains; 9,8% des Mexicains qui se suicident travaillent dans le secteur touristique; 28% des touristes chinois dépensent plus de 13 000 euros par voyage; 9% des incidents en vol sont dus à un syndrome de manque chez des toxicomanes; 25% des hommes et des femmes ont déjà eu une aventure pendant un voyage d'affaires; 71% des Italiens disent vouloir utiliser la réalité virtuelle lors du choix d'une destination de vacances, contre seulement 51% des Français (*Voir Voyage virtuel*); 8% des touristes sont gauchers; 31% des Français qui partent en vacances à l'étranger jugent important que les cartes des restaurants soient traduites en français; pour 24,8% des voyageurs, l'objet le plus indispensable pour réussir son séjour à l'étranger est un sachet de Smecta; à la question «Avec qui préférez-vous partir en vacances?», 8,8% des Français ont répondu «mon chien»; à leur retour de vacances, 36,5% des touristes sont «nostalgiques et un peu déprimés»; 27,4% des gens qui mangent dans un avion optent pour le menu viande; 18% des Français considèrent qu'Ibiza est le meilleur endroit pour faire des rencontres sentimentales; 50,8% des passagers d'avion sont agacés par ceux qui applaudissent lorsque l'appareil atterrit; à la question «Que craignez-vous le plus pendant vos vacances?», 26,6% des internautes ont répondu «la fin des vacances»; 10,5% des touristes retournent chaque année au même endroit; pour 37,7% des gens, passer des vacances en Thaïlande après le tsunami c'est rendre service aux Thaïlandais; 95% des Français ont déjà fait du camping; en échange d'un jour de congé supplémentaire, 39 % des Québécois s'abstiendraient de boire de l'alcool pendant une semaine; seulement 3 % des touristes interrogés renonceraient à emporter leur appareil photo avec eux; sur les 10 % de Britanniques qui ont déjà fait l'amour dans un aéroport, 76 % d'entre eux ont choisi de le faire dans les toilettes et 12 % ont été surpris en plein acte; à la question « À quel grand voyageur préféreriez-vous ressembler ? », 38,5 % des Français ont répondu « Antoine, le grand passionné des îles ».

## *POURQUOI ÉTEINDRE SON TÉLÉPHONE EN AVION ?*

Dans la série des « pourquoi ? » essentiels que l'on se pose au moins une fois dans sa vie (« pourquoi y a-t-il quelque chose plutôt que rien ? », « pourquoi les steaks hachés ne sont-ils rayés que d'un côté ? », « pourquoi n'y a-t-il pas goût souris dans les aliments pour les chats ? »), on pourrait ajouter : pourquoi les hôtesses de l'air demandent-elles aux passagers d'éteindre leur téléphone et tout autre appareil électronique (ordinateur portable, tablette, liseuse, etc.) pendant les phases de décollage et d'atterrissage de l'avion ? Parce que ce sont les compagnies aériennes qui décident et qu'elles en interdisent généralement l'usage, par principe de précaution. Pourtant, comme l'explique Nicolas Larrieu (un enseignant-chercheur à l'École nationale de l'aviation civile), « il n'a jamais été prouvé qu'un signal aussi faible que celui émis par un téléphone puisse créer des interférences sur la réception d'un autre signal envoyé à un avion, et qui transite par radar ou satellite». D'ailleurs, depuis 2014, l'EASA elle-même (l'Agence européenne de la sécurité aérienne) s'est officiellement positionnée en faveur de l'utilisation des smartphones du début à la fin du vol, sans restriction aucune.

## *PREMIER VOYAGE ORGANISÉ*

Le premier voyage organisé a eu lieu le 5 juillet 1841. Il s'est effectué en train entre deux villes anglaises distantes d'à peine 18 kilomètres – Leicester et Loughborough – et le ticket coûtait 1 shilling. Planifié et encadré par un chrétien évangéliste de 32 ans du nom de Thomas Cook, il réunissait un groupe de 500 personnes. Qui étaient ces pionniers? Des touristes assoiffés d'aventure et de culture, de grands espaces et de paysages pittoresques? Que nenni. Si de soif il était bien question, il s'agissait plutôt de lutter contre: ces 500 *happy few* étaient en effet... des militants qui se rendaient à un séminaire contre l'alcoolisme!



Après cet essai réussi (la petite histoire ne dit malheureusement pas combien de brebis éthyliques égarées ont été remises dans le droit chemin), Thomas Cook continua à développer son entreprise, en Angleterre puis à l'étranger, avec le succès qu'on lui connaît. En 1855, il est le premier à proposer un circuit touristique en Europe continentale à travers la Belgique, l'Allemagne et la France; en 1868, il invente les *vouchers*, ou coupons d'hôtels; en 1869, il organise la première croisière sur le Nil; en 1874, il met au point l'ancêtre du chèque de voyage, etc. C'est même une agence Thomas Cook & Son qui, en 1912, vend les tickets pour monter à bord du Titanic!

## *PRENDRE LA POUDRE D'ESCAMPETTE*

De l'italien *scampare* (« échapper à »), cette locution verbale daterait selon les sources du XVII$^{e}$ ou du XVIII$^{e}$ siècle. Elle fait allusion à la situation d'une personne qui, ayant pris une certaine poudre, se volatiliserait quasi instantanément.

Exemple : « La plus belle drogue pour un humain, c'est un autre être humain. Mais juste après, il y a la poudre d'escampette et la *crystal meth*. »

## *PROGRAMME VOYAGER*

Depuis quelque temps déjà, l'homme a circonscrit la surface de la Terre. Pour lui, explorer des contrées inconnues n'est plus possible, à part peut-être au fond des océans. Le meilleur endroit où, tel Buzz l'Éclair, il peut encore rêver d'atteindre « l'infini et au-delà », est l'espace interstellaire. C'est le but de *Voyager*, programme d'exploration robotique de l'univers qui a débuté en 1977 avec le lancement de deux sondes, *Voyager 1* et *Voyager 2*. Les informations déjà collectées par ces dernières en font la mission la plus fructueuse de toute la conquête spatiale ; elles ont, entre autres, permis de mieux comprendre l'atmosphère de Saturne ou de découvrir 33 nouvelles lunes et les anneaux de Jupiter. Toujours en activité, les capsules se déplacent à 17 km/s (on peut suivre leur progression en direct sur le site web de la Nasa) et se trouvent hors du système solaire, à environ 19,5 milliards de kilomètres de la Terre. Jamais aucun objet fabriqué par l'homme n'a voyagé aussi loin ! Et si, vers 2020, *Voyager 1* et

*Voyager 2* ne pourront plus continuer à transmettre des données car elles auront épuisé toute leur énergie, elles joueront le rôle de bouteilles à la mer – version intersidérale – grâce au *Voyager Golden Record*, dont un exemplaire a été embarqué à l'intérieur de chacune des sondes. Message symbolique à l'intention des extraterrestres, ce « disque d'or » contient des documents censés dresser un portrait représentatif de l'humanité et de la vie sur notre planète bleue. Il inclut des images de la structure de l'ADN, d'un crapaud ou d'une femme balayant des feuilles mortes ; des sons comme celui du tonnerre, d'un battement de cœur ou d'un tracteur ; de la musique traditionnelle péruvienne et nouvelle-guinéenne, le premier mouvement du *Concerto brandebourgeois* de Bach ou le *Johnny B. Goode* de Chuck Berry ; des salutations prononcées dans 55 langues et même un communiqué officiel du feu président américain Jimmy Carter. « Parmi les 200 milliards d'étoiles de la Voie lactée, quelques-unes – peut-être plus – peuvent abriter des planètes habitées [...] Si une telle civilisation intercepte *Voyager* et peut comprendre les contenus enregistrés sur ce disque, voici notre message : ceci est un cadeau venu d'un petit monde lointain, un échantillon de nos sons, de notre science, de nos images, de notre musique, de ce que nous pensons et ressentons. Nous essayons de survivre à notre temps pour que nous puissions vivre dans le vôtre. »

Malheureusement, les chances pour qu'une intelligence extraterrestre traversant le vide interstellaire trouve un jour le *Golden Record* sont infinitésimales. Et celles pour qu'elle s'y intéresse... encore plus réduites peut-être.

## *PROVERBES*

Sentences courtes et imagées qui expriment une vérité d'expérience ou un conseil de sagesse d'usage commun et de portée générale, les proverbes sont souvent très anciens. D'origine populaire, parfois incisifs, drôles et surprenants ou au contraire insipides et convenus, ils constituent dans tous les cas un voyage dans le langage et la façon de penser d'un peuple. Les proverbes sur le voyage sont donc doublement des voyages. En voici une petite sélection venue du monde entier :

« Mieux vaut voyager plein d'espoir que d'arriver au but. » (Japon)

« Si tu veux être apprécié, meurs ou voyage ! » ; « Le meilleur qu'on puisse ramener des voyages, c'est soi-même, sain et sauf. » (Iran)

« Celui qui ne voyage pas ne connaît pas la valeur des hommes. » (Mauritanie)

« Tes pieds t'emmèneront là où se trouve ton cœur » ; « Quand on est arrivé au but de son voyage, on dit que la route a été bonne » ; « Il n'y a que les fous et les Européens qui voyagent. » (Chine)

« Les voyages améliorent les sages et empirent les sots. » (Angleterre)

« Si l'eau d'un bassin reste sans mouvement, elle devient stagnante et boueuse ; mais si elle s'agite et coule, alors elle s'éclaircit : tel est l'homme qui voyage. » (Kurdistan)

« Au premier voyage on découvre, au second on s'enrichit » ; « En quelque pays que tu entres, conforme-toi à ses mœurs. » (Proverbe touareg)

« Le voyage est ton père ; quand tu te seras trouvé

tu rentreras, et la terre sera ta mère. » (Proverbe du Zanskar, région du nord-ouest de l'Inde)

« Le sentier est unique pour tous, les moyens d'atteindre le but varient avec le voyageur » ; « Seul le chemin connaît le voyageur. » (Tibet)

« Si tu ne voyages pas, ton langage ne s'enrichit pas. » (Congo)

« Si tu n'as pas voyagé, étudie. » (Cameroun)

« La route n'enseigne pas au voyageur ce qui l'attend à l'étape. » (Rwanda)

« Demande à qui a souffert, non à qui a voyagé. » (Bulgarie)

« Il faut savoir être casanier au logis, et voyageur en route. » (Turquie)

« L'univers est un livre dont on n'a lu que la première page quand on n'a vu que son pays. » (Namibie)



« Qui veut voyager doit ouvrir sa bourse, et fermer sa bouche. » (Danemark)

« Là où le cœur est, les pieds n'hésitent pas à y aller. » (Togo)

« Avant que ne viennent la haine et la bagarre, accroche ta caravane et pars. » (Proverbe manouche)

# Q

## QUECHUA

Quechua est la marque phare de chez Décathlon pour l'équipement et les vêtements de montagne et de randonnée. Créée en 1997 par Jean-Paul Constant, elle doit son nom aux peuples Quechuas, principalement localisés dans les régions andines du Pérou, de la Bolivie et de l'Équateur (ancien empire Inca). Apparemment indispensable à la panoplie de tous les Français et les Belges qui voyagent (c'est d'ailleurs à cela qu'on les reconnaît sans même avoir besoin de les entendre parler), Quechua a fêté en 2015 le dixième anniversaire d'un de ses produits les plus vendus : la tente « 2 SECONDS », qui se déplie en deux secondes et se replie en deux heures.



## QUOI DE NEUF DOCTEUR ?

Certains touristes reviennent de leurs voyages avec des souvenirs plein leurs valises ; d'autres, avec des organes tout neufs à l'intérieur de leurs corps. Certains partent en Inde pendant neuf mois pour se laisser pousser des dreadlocks et danser en tongs sur de la musique répétitive ; d'autres, pour y louer un utérus. On appelle cela le tourisme médical.

En 2016, selon les estimations de la société américaine de consulting Deloitte, 15 millions de personnes pourraient être amenées à le pratiquer. Si l'ampleur du phénomène est sans précédent, il n'est cependant pas nouveau : les Grecs et les Romains, qui ont inventé l'hydrothérapie il y a plus de deux mille ans, voyageaient déjà pour se faire spécifiquement soigner dans telle ou telle ville d'eau. Ce qui est inédit, c'est l'éventail croissant des différents types d'actes médicaux réalisés partout dans le monde, allant de la dentisterie (spécialité des pays de l'ancien bloc communiste comme la Hongrie, la Pologne ou la Roumanie) à la chirurgie esthétique (Brésil, Maghreb ou Afrique du Sud), en passant par le tourisme transplantatoire (Philippines, Chine) ou procréatif (Inde, Russie, Panama). Les deux premiers exemples font partie de ce qu'on nomme « tourisme de confort » et ne soulèvent pas de problèmes éthiques : chacun est libre de se faire poser un bridge ou de nouvelles fesses dans le pays de son choix. Pour le tourisme de transplantation, c'est déjà plus délicat. Vouloir se faire greffer un rein là où il est plus facile et moins coûteux d'en obtenir – alors que de nombreuses histoires de prélèvement sur des enfants ou des adultes assassinés puis revendus en « pièces détachées » sont fréquemment révélées –, c'est potentiellement risquer d'être impliqué dans un système encourageant le trafic d'organes.



En ce qui concerne le tourisme procréatif avec GPA (gestation pour autrui), le débat est encore plus complexe. Les progrès de la médecine permettant désormais de séparer la fécondation de l'enfantement (grossesse et accouchement), il est devenu possible d'utiliser le ventre d'une femme pour lui faire porter le bébé de quelqu'un d'autre. Quelques pays autorisent le recours à ces mères porteuses (États-Unis, Grande-Bretagne, Belgique, Roumanie, Israël, Russie, etc.), d'autres comme la France ou l'Allemagne y sont opposés. Mais dans la pratique, puisqu'il n'y a pas d'accords internationaux, tous les couples (homo ou hétérosexuels) désireux de faire naître un enfant grâce à une mère de substitution le peuvent : il leur suffit de se rendre dans un pays où la GPA est permise et de payer entre 10 000 et 100 000 dollars. C'est ainsi que dans le ventre des pauvres poussent de plus en plus de gosses… de riches. Bienvenue dans l'ère de la délocalisation des utérus.

# R

## *RAID BAEDEKER*

Tout comme la Grosse Bertha ou le cocktail Molotov, le raid Baedeker fait partie du vocabulaire militaire. Pourtant, tout comme Bertha Krupp (fille de l'industriel allemand qui construisait les célèbres canons) ou Viatcheslav Molotov (homme politique et diplomate russe), Karl Baedeker (1801-1859) est un civil qui n'a rien à voir avec l'armée : ni soldat ni savant fou spécialiste des armes de destruction massive, c'est un libraire et un écrivain allemand, mais surtout l'un des inventeurs du guide de voyage moderne.



Avant l'apparition du *Baedeker* dans les années 1830, les touristes n'ont d'autre choix que d'emporter avec eux de lourdes et encombrantes encyclopédies, coûteuses et réservées à l'élite. Le guide allemand, lui, ne pèse que 500 g et se présente dans un format de poche accessible au plus grand nombre. Reconnaissable à sa couverture en cuir rouge et à son lettrage doré (qui le font étrangement ressembler à un autre ouvrage révolutionnaire, le Petit Livre rouge de Mao !), il regorge d'informations pratiques ultra-détaillées : dans le guide sur Paris, il est non seulement précisé le prix de la demi-tasse de café, mais aussi le temps que l'on doit mettre pour la boire et même le montant du pourboire à laisser au serveur !

Le *Baedeker* fournit aussi une cartographie précise des villes et des monuments à visiter, très utile en temps de paix... comme en temps de guerre. Le premier à l'avoir compris est le baron Gustaf Braun von Stumm, chef du bureau de presse du ministère allemand des Affaires étrangères pendant la Seconde Guerre mondiale. En fin stratège, celui-ci pressent que la destruction des habitations et du patrimoine culturel britanniques (œuvres d'art, monuments et sites touristiques, etc.) affecterait bien plus le moral des populations ennemies que la destruction de garnisons ou d'usines d'armement. Dès avril 1942, il conseille donc à la Luftwaffe de bombarder chaque site ayant reçu une ou deux étoiles dans le guide Baedeker ! Des villes culturelles ou des stations balnéaires telles que Bath, Norwich, York, Exeter et Canterbury seront prises pour cibles et réduites en cendres. La guerre assistée par guide de voyage vient d'être inventée. Et elle transforme de façon inattendue l'aviateur allemand, un *Baedeker* en main à 1000 mètres d'altitude, en une version insolite, belliqueuse et criminelle... du touriste.



## *ROULER SA BOSSE*

L'expression favorite des bossus qui mènent une vie aventureuse et dangereuse, des Quasimodo en mode Opodo.

Exemple :

« *Si tu ne peux voir détruit l'ouvrage de ta vie*
*Et sans dire un seul mot te mettre à rebâtir*
*Ou perdre d'un seul coup le gain de cent parties*
*Sans un geste et sans un soupir*
*Tu rouleras ta bosse, mon gosse.* »

(Fuyard Kipling)

## *ROUTES MYTHIQUES*

Pour les « goudronautes » du monde entier, pas de voyage mythique sans routes mythiques. Le cinéma l'a bien compris et pour les célébrer il en a même fait un genre à part entière, le *road movie*, né en 1969 avec le film *Easy Rider* de Dennis Hopper. Personnage en soi, symbole de liberté accessible à tous à partir de la généralisation des moyens de transport individuels (la voiture, la moto) ou collectifs (les fameux bus américains Greyhound), chaque pays ou presque possède sa route de légende.



Aux États-Unis, c'est sans conteste la Route 66 qui fascine le plus les voyageurs. Des écrivains Jack Kerouac à John Steinbeck (dans son roman *Les Raisins de la colère* publié en 1939, il la baptise *The Mother Road*, la « route-mère »), des musiciens Chuck Berry aux Rolling Stones, des films *Easy Rider* à *Thelma et Louise* ou *Bagdad Café*, tous ont alimenté le mythe de celle que les Américains surnomment également Main Street USA, la « rue principale des États-Unis ». Reliant Chicago à Santa Monica, elle est longue d'environ 4000 kilomètres, traverse trois fuseaux horaires et huit États. Et même si elle a été peu à peu désertée après la construction des autoroutes et officiellement déclassée en 1985, de nombreux touristes nostalgiques continuent à venir y faire un double voyage dans l'espace et dans le temps. Avec ses boutiques de souvenirs kitsch, ses anciens motels à l'abandon et ses pompes à essence en ruine, elle est devenue un musée à ciel ouvert ou un décor de cinéma que les pèlerins motorisés de la Sainte Route-Mère empruntent pour tourner leur propre *road movie*... en circuit balisé.

Autre tracé légendaire, la Panaméricaine s'étend du nord au sud du continent américain et – tout dépend si l'on compte les axes secondaires transversaux ou pas – mesure entre 24000 et 48000 kilomètres! Elle débute à Prudhoe Bay en Alaska (États-Unis) et se termine à Ushuaïa en Terre de Feu (Argentine), passe par le Canada, le Mexique, le Guatemala, le Salvador, le Honduras, le Nicaragua, le Costa Rica, le Panama, la Colombie, l'Équateur, le Pérou et le Chili. Commencée en 1923, elle n'est toujours pas achevée: il manque un tronçon de 87 kilomètres au niveau du bouchon de Darién, zone marécageuse située entre le Panama et la Colombie. Contrairement à la Route 66, la Panaméricaine est plus une succession de voies rapides et d'autoroutes construites par les différents pays traversés qu'une entité claire et indivisible. Pour ceux qui l'empruntent, elle n'est pas non plus vécue comme une gentille promenade sur le macadam du temps perdu, mais plutôt comme un exploit et un défi physique et mécanique, une aventure qui mène jusqu'à la ville la plus australe de la planète.



La plus vieille des routes mythiques est sans aucun doute la route de la Soie, qui reliait déjà au moins 2000 ans avant notre ère la Chine à la Turquie via l'Asie centrale. Abandonnée à la fin du XIIIe siècle, elle est actuellement en train d'être retracée par l'empire du Milieu, devenu officiellement fin 2014 la première puissance économique au monde. Mais à la place des étoffes, de la porcelaine et des épices transportées à dos de chameaux ou de yacks dès le commencement du règne de la dynastie Han (206 av. J.-C.-220 apr. J.-C.), ce sont désormais des ordinateurs portables de Hewlett Packard et des iPad d'Apple *made in China* qui sont expédiés vers l'Europe. Le trajet, qui durait parfois plus d'un an, s'accomplit dorénavant en deux à trois semaines.

Il existe encore de nombreux exemples de ces routes légendaires. Il n'est pas question ici d'en dresser la liste exhaustive, mais on peut tout de même ajouter la route du Sel saharienne au Niger et au Mali ; la Transhimalayenne entre l'Inde, le Tibet et le Népal (avec ses passages de cols à 5 000 mètres d'altitude) ; la Stuart Highway qui traverse l'Australie du nord au sud sur 2834 kilomètres entre Adélaïde et Darwin ; la Transcanadienne, la route nationale la plus longue du monde (7821 kilomètres) qui court de l'océan Pacifique à l'océan Atlantique ; la route Mandarine au Vietnam qui serpente sur 1730 kilomètres ou même... la RN 7 chantée en 1955 par Charles Trenet, cette route des vacances où « L'amour joyeux est là qui fait risette/ On est heureux Nationale 7 ».



## *RUIN PORN*

Le terme de *ruin porn* (que l'on pourrait littéralement traduire par « porno ou voyeurisme des ruines ») est un néologisme qui désigne avec mépris l'acte de photographier, filmer ou visiter des lieux à l'abandon situés en zone urbaine. Apparue en 2009 dans un article du magazine *Vice* sur la ville de Detroit, l'expression est devenue encore plus à la mode après la publication l'année suivante du livre des photographes français Yves Marchand et Romain Meffre, *Detroit, vestiges du rêve américain*, aux éditions Steidl. Depuis lors, le concept de *ruin porn* a fait couler beaucoup d'encre numérique, les pour et les contre se déchirant sur la Toile. Archéologie moderne ou curiosité malsaine? Réflexion mélancolique sur le temps et la mort ou esthétisation mélodramatique du désespoir? Ce qui est sûr, c'est que le «tourisme de ruines», dont un des précurseurs était, encore une fois, Thomas Cook (il fit visiter les bâtiments parisiens détruits après la «Semaine sanglante» de la Commune en 1871), ou leur représentation dans l'art ne datent pas d'hier, même si les causes des effondrements ne sont pas forcément les mêmes. Au milieu du XVIIIe siècle, les gravures de l'Italien Giovanni Battista Piranesi (1720-1778) avaient déjà comme sujets principaux les vestiges architecturaux de la Rome antique, et le peintre Hubert Robert (1733-1808), spécialiste français du genre, avait accumulé tellement de dessins et de croquis de monuments dévastés qu'il reçut le surnom de «Robert des ruines»!

# S

## *SAMOA AIR*

Les îles Samoa sont un petit archipel d'environ 3 000 km² situé en Polynésie, à mi-chemin entre Tahiti et la Nouvelle-Zélande. Pour les amoureux de récits d'aventures, pleins de vieux loups de mer alcooliques et de pirates à jambe de bois, elles évoqueront sans doute ce monde du bout du monde où s'est éteint un jour de 1894 Robert Louis Stevenson, l'auteur de *L'Île au trésor*, *L'étrange cas du docteur Jekill et M. Hyde* ou encore du *Voyage avec un âne dans les Cévennes*. Pour les fans du ballon ovale, elles symboliseront plutôt la nation fournisseuse officielle de quelques épais poupons de 110 kg qui sévissent dans les meilleurs clubs de rugby de la planète (Brian Lima, Alesana Tuilagi, Census Johnston, etc.). Les Samoans sont en effet réputés pour être très costauds, voire trop. Selon l'Organisation mondiale de la santé (OMS), 75 % de la population urbaine de l'archipel est obèse. C'est le plus important taux au monde, plus du double de celui des États-Unis ! Argument de taille et de choc lorsqu'il s'agit d'aplatir un adversaire au rugby, dépasser le quintal est plutôt un handicap au quotidien et particulièrement lors d'un voyage en avion. En classe éco, la largeur des sièges n'est que de 43 cm dans les Boeing et de 47 cm dans les Airbus, et elle tend à diminuer de plus en plus afin de pouvoir embarquer un maximum de passagers…

Consciente de ces problèmes de dimensions, Samoa Air est devenue en 2013 la première entreprise de transport aérien à proposer une classe «XL», avec des sièges plus confortables et mieux adaptés à la morphologie des clients, un espace entre les rangées plus large de 30 cm et des rampes d'accès spéciales pour les gens en surpoids. Mais tout cela a un coût, qui varie d'ailleurs d'une personne à l'autre puisque chez Samoa Air – autre caractéristique unique de cette compagnie dont le slogan est *A kilo is a kilo is a kilo!* – le prix du billet est calculé en fonction du poids du passager! Et si celui-ci a grossi entre l'achat et le vol, il devra payer ses kilos supplémentaires car il sera à nouveau pesé à l'embarquement. Idem pour le retour: «Vous aurez probablement à payer pour les hamburgers» (sous-entendu: dont vous vous êtes goinfrés) peut-on lire sur le site web de l'entreprise, qui prétend que ces mesures sont destinées à responsabiliser les gens et à lutter contre l'obésité. Selon son porte-parole, c'est aussi «le plus juste des systèmes», car il permet de s'adapter aux mensurations de chaque client afin de lui «trouver le meilleur siège». Autre argument, plus convaincant celui-là: avec le «vol au kilo», voyager en famille devient beaucoup plus économique, car les enfants ne payent plus le tarif adulte comme c'est le cas chez les compagnies aériennes concurrentes.



En France, en 2012, des députés ont fait une «proposition de loi visant à interdire de surtaxer une personne de forte corpulence qui achète un billet d'avion». Pour les ennemis de Samoa Air, une tarification en fonction du poids et de la taille est tout simplement de la discrimination. Pourtant, l'idée semble peu à peu entrer dans les mentalités. Aux États-Unis, les compagnies Southwest et United Airlines obligent déjà à acheter deux places dans le cas où le client dépasse la limite de son siège, matérialisée par l'accoudoir. Le professeur et économiste Bharat P. Bhatta pense même qu'un système de ce genre pourrait être bénéfique non seulement pour les passagers mais aussi pour l'environnement, car le prix de revient du transport aérien ne dépend pas du nombre de sièges mais du poids des avions. Selon lui, « chaque kilo de trop signifie plus de carburant consommé, ce qui induit plus d'émissions de $CO_2$ (dioxyde de carbone) et plus de coûts ».

## *SE METTRE AU VERT*

Tourisme bucolique et alcoolique.



Exemple : « Pour arrêter de boire, il était allé se mettre au vert. Il a fini par manger les pissenlits par la racine. »

## *SELFIE DES PIEDS À LA PLAGE*

Avec le coucher de soleil multicolore et le cliché du ciel vu à travers le hublot d'un avion (qui se résume généralement à des taches bleues et blanches derrière un bout d'aile), le selfie des pieds à la plage est *le* grand classique de la photo de vacances. Jugé curieusement moins pédant que le selfie tout court, ou plus original, ou plus cool, il signifie pourtant la même chose, et d'une façon encore plus explicite : « Regardez où je suis, regardez où j'ai mis les pieds ! » Déclinable à volonté (« mes pieds l'année dernière à Marienbad », « mes pieds en tongs à OK Corral », « mes pieds morts à Venise», etc.), nécessitant peu de moyens techniques (un appareil photo et deux arpions, voire un seul, suffisent), le selfie pédestre possède également l'avantage d'être érotique (le pied n'est-il pas une zone érogène?) tout en restant politiquement correct. De là à dire que tous ceux qui postent des photos de leurs pieds sur Facebook ou Instagram sont des exhibitionnistes en puissance, il n'y a qu'un pas.

## *SITE REMARQUABLE DU GOÛT*

L'appellation «site remarquable du goût» a été créée en France en 1995 par les quatre ministères de la Culture, du Tourisme, de l'Environnement et de l'Agriculture. C'est un label de qualité qui récompense à la fois un produit alimentaire spécifique bénéficiant d'une notoriété et d'une histoire (le comté, l'huître de Cancale, le champagne, la sardine de Saint-Gilles-Croix-de-Vie, l'andouille du Val-D'ajol, etc.), mais aussi le patrimoine culturel et architectural ainsi que les paysages et les hommes dont ce produit est issu. Concept très officiel, très sérieux et très franco-français, on lui doit des festivités qui attirent chaque année de nombreux vacanciers, telles que «la poire dans tous ses états» à Épinouze ou «la fête de l'omelette truffée géante» à Lalbenque.



## *SLEEPING IN AIRPORTS*

Même s'il aurait très bien pu en avoir l'idée, *The Guide to Sleeping In Airports* n'est pas une création de Sir Alfred de Charles-de-Gaulle* – l'homme qui a vécu sur une banquette à Roissy pendant dix-huit ans. Mis en ligne pour la première fois en 1996, ce guide insolite publié par la Canadienne Donna McSherry donne de nombreux conseils pratiques à ceux qui dorment dans un aéroport par choix (pour économiser une nuit d'hôtel) ou par obligation (en transit ou à cause d'un vol retardé). Où trouver les meilleurs endroits pour se reposer? Où se doucher et manger sans dépenser d'argent? Comment éviter de se faire expulser ou voler ses affaires pendant son sommeil?

Il recense et note aussi chaque année les meilleurs et les pires aéroports en fonction de plusieurs critères : le confort (moelleux des sièges, possibilité de relever les accoudoirs, présence d'espaces de repos, mise à disposition gratuite d'oreillers ou de lits de camp), les différentes commodités (wifi en accès libre, douches, restaurants ou magasins ouverts 24 h/24), la propreté, l'attitude générale des employés et la qualité du service. Et chaque année depuis 1996, parmi les milliers d'aéroports analysés (il y en a plus de 40 000 dans le monde), c'est le Changi de Singapour qui arrive invariablement à la première place ! Outre la confortable moquette insonorisante qui recouvre le sol et ses nombreuses zones de repos gratuites ou payantes, cet aéroport dispose d'une salle de cinéma en accès libre, de plusieurs jardins et espaces verts, d'une salle de fitness, d'un spa, d'une piscine avec jacuzzi, de machines pour masser les pieds, etc.

Dans le classement inverse, le pire aéroport du monde est, en 2014, celui d'Islamabad au Pakistan. Accolé à une prison, les internautes le trouvent dangereux et d'une propreté douteuse, tandis que son personnel est dans l'ensemble jugé corrompu et agressif. On notera qu'au sixième rang de cette liste noire figure l'aéroport de Paris-Beauvais, réputé exigu, inconfortable, froid et laid comme un croisement entre un parking souterrain et un supermarché hard discount.

## *SPACE IS THE PLACE*

Quand vous étiez enfant, vous vouliez peut-être devenir astronaute. L'espace cosmique était le seul endroit digne de vous, et des aventures vous attendaient dans des systèmes stellaires dont vous connaissiez les noms par cœur : la nébuleuse d'Andromède, le grand nuage de Magellan, l'objet de Hoag, la galaxie du Têtard. Votre héros s'appelait Jean-Loup Chrétien. Version bretonne du capitaine Flam, son courage et son nom, à la fois biblique et animal, n'avaient rien à envier aux personnages des dessins animés japonais. Vous alliez lui succéder, il n'y avait aucun doute ! Malheureusement, vous aviez un plombage sur une molaire gauche et vous étiez nul en maths et en sport, ce qui allait vous empêcher de devenir pilote de chasse dans l'armée de l'air, étape obligatoire à l'époque pour être astronaute. Le sort en était jeté.



Une vingtaine d'années plus tard, le 28 avril 2001, l'homme d'affaires américain Dennis Tito s'envolait à bord de la mission Soyouz TM-32 et devenait le premier touriste de l'espace. Si un quasi-retraité de 61 ans avait pu supporter l'accélération produite au décollage par une fusée moderne, il vous était à nouveau permis d'espérer. Les six autres spatio-touristes ayant par la suite séjourné en orbite n'étaient d'ailleurs, eux non plus, ni des athlètes olympiques ni des super-héros – leur seul exploit était juste de pouvoir se payer un billet à 25 millions de dollars…

De nombreuses sociétés privées (SpaceX, XCOR, Swiss Space Systems et bien sûr Virgin Galactic du milliardaire Richard Branson) ont flairé le filon : elles proposent des vols suborbitaux à « seulement » 200 000 dollars, un prix tout à fait abordable pour les quelque 42 millions de millionnaires recensés dans le monde en 2018. Plus de 650 places ont déjà été réservées. Parmi les futurs VIP de l'espace : Paris Hilton, Tom Hanks, Brad Pitt et Angelina Jolie, Tom Cruise, Justin Bieber, Leonardo DiCaprio, Philippe Stark, Lady Gaga ou encore la princesse Beatrice d'York. Les premiers départs auraient déjà dû avoir lieu mais après le crash du vaisseau spatial *SpaceShipTwo* le 31 octobre 2014, Virgin Galactic n'a pas été en mesure de tenir ses promesses et n'a annoncé aucune nouvelle date pour les prochains vols.



D'autres projets sont en cours d'élaboration, notamment un ascenseur spatial que Google développerait en secret et qui se déplacerait le long d'un câble en nanotubes relié à une station orbitale, ou encore des hôtels comme la station spatiale Alpha, le projet du magnat américain Robert Bigelow. Mise en orbite à 370 kilomètres d'altitude à proximité de l'ISS (la station spatiale internationale), elle comportera deux modules dépliables de 330 $m^3$ chacun, en fibres synthétiques faites de couches de Kevlar et de Nomex censées résister aux dangers tels que les micrométéorites ou les débris d'engins spatiaux. Une mise en service de la station pourrait voir le jour en 2021. On peut lire sur le site de Bigelow Aerospace : « Pour seulement 51,25 millions de dollars, le client pourra se rendre à Alpha Station et résider dans une suite de 110 m³ pendant deux mois. »

Votre rêve d'enfant est là, à quelques centaines de milliers de dollars de vous. Si loin, si proche. Serez-vous un jour un touriste spatial ? De votre vivant, peut-être pas. Mais il vous reste l'option d'y aller mort : la firme Celestis propose de mettre en orbite autour de la Terre une petite capsule comprenant un gramme de vos cendres, pour la modique somme de 4995 dollars.

## *STRIP-TEASE À L'AÉROPORT*

Quel est le point commun entre Pamela Anderson à l'aéroport de Los Angeles et deux sexagénaires anglaises complètement ivres à l'aéroport de Manchester ? Excédées par les contrôles de sûreté de plus en plus pointilleux, elles ont toutes les trois fait un strip-tease devant des agents de sécurité – probablement pas avec le même succès – lors de leur passage au portique de détection de métaux. Tous ceux qui ont déjà pris un avion pour les États-Unis depuis le 11 septembre 2001 le savent : il faut désormais arriver au minimum deux heures à l'avance pour l'enregistrement des bagages et la fouille, faire une file interminable et se déshabiller devant tout le monde. Pas complètement évidemment, mais tout de même de plus en plus : veste, ceinture, chapeau, foulard, montre, bijoux, piercing et même chaussures depuis que Richard Reid (*aka* « Shoe Bomber », l'inventeur de l'attentat à la chaussure piégée) a voulu faire exploser le vol Paris-Boston en décembre 2001, en mettant le feu à une de ses baskets remplie de penthrite.

Ce strip-tease obligatoire, devenu banal, s'accompagne éventuellement d'une « palpation de sûreté » [*sic*] si le portique sonne lors de votre passage. Dans ce cas, un zélé agent ganté vous fait lever les bras et écarter les jambes et vérifie que vous ne dissimulez pas une arme de destruction massive dans la poche latérale de votre bermuda. Généralement, il ne s'agit que d'une pièce de 5 cents oubliée, mais on ne sait jamais... Autre dispositif sécuritaire post-11 septembre : les couteaux et tous les objets coupants ou contondants susceptibles de se transformer en armes sont interdits dans les bagages à main. Les samouraïs ne peuvent donc plus voyager avec leur *katana* ni avec leur lime à ongles ou leurs aiguilles à tricoter, ces trois objets étant jugés potentiellement létaux et donc prohibés de la même façon. Pire encore, depuis 2006 et la tentative d'attentat déjouée par Scotland Yard (le projet des terroristes consistait cette fois à déclencher des explosifs liquides dissimulés dans des biberons et emmenés dans les bagages à main), il n'est plus possible de transporter en cabine des flacons contenant plus de 100 ml de liquide, gel, pâte ou gaz. Cela comprend aussi bien la nitroglycérine que le Nutella, la vaseline ou la cancoillotte...



Après 2009 et « l'attentat de Noël au slip piégé » à bord d'un Airbus effectuant un vol Amsterdam-Detroit, des scanners corporels à rayons X ou à ondes millimétriques ont fait leur apparition, principalement aux États-Unis et en Angleterre. Grâce à ces nouveaux types d'appareils, le strip-tease est désormais total... Mais leur utilisation est-elle vraiment justifiée ? Accusés d'être nocifs pour la santé et de porter atteinte à la vie privée et à la dignité humaine, ils demeurent inefficaces pour détecter les explosifs cachés à l'intérieur même du corps des kamikazes, tels que les « bombes anales » ou les « implants mammaires piégés ».

## *SYNDROMES DU VOYAGEUR*

Si la tourista (*Voir Complainte de l'été*) arrive en tête dans toutes les études sur les principaux soucis de santé des touristes et si, parmi les différentes causes de mortalité en voyage, 50 % sont dues à des problèmes cardiovasculaires ou à des accidents divers sur la voie publique, il existe d'autres dangers potentiels, plus rares, d'ordre psychique : les « syndromes du voyageur ». Généralement caractérisés par des états délirants, hallucinatoires ou paranoïaques, de l'anxiété, des vertiges ou des crises de tachycardie, on en dénombre différentes variétés.



Le syndrome de Paris a été identifié pour la première fois dans les années 1980 par le professeur Hiroaki Ota, psychiatre à l'hôpital Sainte-Anne. Il concerne certains touristes étrangers, principalement japonais, qui, une fois arrivés dans la capitale française, sont victimes de troubles psychologiques aigus car ils ne supportent pas l'écart entre leur vision idéalisée de la Ville Lumière et la banale réalité du quotidien parisien. S'attendant à découvrir « la plus belle ville du monde » telle qu'elle est vendue par la plupart des professionnels du voyage, paradis peuplé d'artistes romantiques et de poètes maudits, de femmes en tailleur haute couture et de gentilles serveuses « Amélie Poulinesques », leur désillusion est immense : Paris n'est pas que glamour et raffinement... c'est aussi une métropole sale, bruyante et stressante, surtout comparée aux standards auxquels ils sont habitués chez eux. Au-delà de la déception liée à la ville, les visiteurs nippons sont aussi choqués par les grandes différences de mœurs et de culture entre la France et leur pays. Parmi les griefs récurrents : la mauvaise qualité du service et de l'accueil, l'insécurité dans les rues, l'incivilité, les contacts physiques et le manque de retenue des Parisiens qui expriment ouvertement leurs opinions, coupent la parole à leur interlocuteur ou se querellent en public, attitudes extrêmement vulgaires aux yeux des Japonais. Heureusement, si l'on se base sur les chiffres de l'étude réalisée entre 1988 et 2004 par le professeur Hiroaki Ota, ce syndrome ne toucherait qu'une infime minorité de personnes puisqu'il n'a recensé que 63 cas en seize ans.



Par certains côtés, le syndrome de l'Inde est proche de celui de Paris puisque c'est également un choc des cultures qui fait vaciller l'esprit des voyageurs. Au culte de la consommation et de la productivité célébré en Occident, *Mother India*, comme l'appellent ses habitants, oppose un idéal spirituel qui repose sur l'harmonie de l'homme et de l'univers. Pour Régis Airault, médecin psychiatre longtemps en poste au consulat de France à Bombay et auteur de *Fous de l'Inde* (Payot, 2002), ce pays est « le triangle des Bermudes du mental », un endroit qui provoque chez les Occidentaux des émotions si fortes qu'elles peuvent en faire basculer certains dans le délire. Confrontés à un dénuement parfois extrême, à la surpopulation, à l'omniprésence de la mort et du mysticisme, mais aussi à une remise en cause radicale de ce qu'ils concevaient jusqu'à présent comme étant la réalité, certains touristes s'enferment dans leur chambre d'hôtel et ne veulent plus en sortir; d'autres brûlent passeport et argent et s'en vont errer sur les routes, persuadés qu'ils sont là pour sauver le monde; d'autres encore essayent de rentrer chez eux à la nage ou prétendent qu'ils communiquent par télépathie avec leur propre corps! « C'est seulement lorsqu'ils renouent avec un symbole fort de leur culture, en consultant un médecin français par exemple, qu'ils reprennent peu à peu pied dans la réalité », explique Régis Airault, soulignant que les victimes du syndrome indien sont en majeure partie des personnes jusqu'alors équilibrées, qui « disjonctent » puis retrouvent leur état normal dès leur retour dans leur pays d'origine.

Le syndrome de Stendhal, également appelé syndrome de Florence, est très différent des deux précédents puisqu'il émane d'une émotion positive, en l'occurrence d'un choc esthétique provoqué par la beauté des œuvres d'art. Identifié par la psychanalyste italienne Graziella Magherini, il doit son nom et la première description de ses symptômes à l'écrivain français qui, en 1817, rapporta dans *Rome, Naples et Florence* avoir été victime d'une expérience troublante lors d'une visite de la basilique Santa Croce: « J'étais déjà dans une sorte d'extase, par l'idée d'être à Florence, et le voisinage des grands hommes dont je venais de voir les tombeaux. [...] J'étais arrivé à ce point d'émotion où se rencontrent les sensations célestes données par les beaux-arts et les sentiments passionnés. En sortant de Santa Croce, j'avais un battement de cœur, ce qu'on appelle des nerfs à Berlin; la vie était épuisée chez moi, je marchais avec la crainte de tomber. » Graziella Magherini a observé et décrit plus de 100 cas semblables. Selon elle, seuls les touristes possédant les références culturelles suffisantes pour apprécier les œuvres et percevoir leurs significations cachées peuvent être victimes du syndrome de Stendhal. Les célibataires d'origine européenne ayant reçu une éducation classique et/ou religieuse seraient les plus enclins à y succomber.

Ce ne sont là que quelques exemples de ces syndromes du voyageur. Il en existe d'autres, comme le syndrome d'Ekbom (délire chronique consistant à croire qu'on est infesté d'insectes ou de parasites cutanés) ou le syndrome de Jérusalem (bouffée délirante résultant d'un choc émotionnel lié à la visite des lieux saints, qui pousse certains pèlerins et même de simples voyageurs à se prendre soudain pour le Messie ou d'autres personnages bibliques).



Outre ces périls, ceux qui partent pour vérifier le monde de leurs propres yeux s'exposent à un autre risque non négligeable : le désenchantement. C'est ce que montrent tous ces syndromes du voyageur : si l'ailleurs est trop fantasmé, trop « romantiquement » idéalisé, se cogner au réel peut s'avérer extrêmement douloureux. Car le voyage n'est pas qu'un simple déplacement géographique, c'est aussi une exploration intérieure de l'univers culturel et symbolique qui nous détermine en tant que personne.

# T

## *TAXI*

Il y a de belles histoires de taxi. Mais surtout dans la fiction, comme dans *Night on Earth* (1990), le film de Jim Jarmusch qui raconte le quotidien bizarroïde, tragicomique et décalé de cinq chauffeurs et de leurs clients, la même nuit, à cinq endroits différents de la planète. La « vraie » vie, elle, est décevante. Quand on prend un taxi lors d'un séjour à l'étranger, la principale aventure consiste généralement juste… à essayer de ne pas se faire escroquer (ce qui est presque impossible lorsqu'on visite un pays pour la première fois).

Selon les classements des pires pièges touristiques qui paraissent chaque année sur les sites et les blogs de voyages ou dans les magazines spécialisés, les arnaques des taxis sont tellement généralisées qu'elles font des *taximen* et autres *tuk-tuk drivers* du monde entier les ennemis numéro un des voyageurs. Détours dignes du Grand Tour* avant d'arriver à destination, compteurs trafiqués ou ne fonctionnant plus, arrêts obligatoires dans des boutiques à souvenirs avec achat forcé sous peine de continuer à pied, vols de bagages, agressivité verbale et refus de vous prendre si vous n'allez pas assez loin, etc., la liste est longue et les témoignages des touristes abondent sur les forums. Un homme d'affaires français, monté à bord d'un taxi à l'aéroport de Pékin pour se rendre dans le centre-ville de la capitale chinoise, a dû payer quarante fois plus que le montant normal ! Alors que le centre n'était qu'à une trentaine de kilomètres, il était indiqué sur son reçu que le véhicule en avait parcouru 153, tout cela en 39 minutes – ce qui équivaudrait à une moyenne de 249 km/h, c'est-à-dire la vitesse d'un avion au décollage !

À Paris, autre ville réputée pour l'acrimonie voire la malhonnêteté de ses chauffeurs de taxi, des touristes américains ont dû descendre sur le périphérique simplement parce qu'ils avaient exigé que le compteur soit mis en marche. Au Pérou, d'autres ont été conduits de force dans un hôtel différent de celui qu'ils avaient réservé, le taxi alléguant qu'il venait de disparaître à cause d'un tremblement de terre, fictif évidemment...



Et au Japon, la police a arrêté un *taximan* qui offrait à ses clientes des gâteaux remplis de diurétiques puis refusait de s'arrêter lorsqu'elles demandaient à aller aux toilettes. Il aimait les regarder se tordre dans tous les sens avant d'uriner dans son véhicule. « Ça m'excitait de voir des femmes qui ne pouvaient plus se retenir », a avoué l'homme qui avait en sa possession 50 vidéos de ses passagères en train de se soulager dans son taxi, filmées avec une caméra de sécurité.

## *TOP 20 DES SITES TOURISTIQUES LES PLUS VISITÉS AU MONDE*

Selon le magazine américain *Travel + Leisure*, les 20 sites touristiques les plus visités au monde en 2014 étaient :

1. Le Grand Bazar (Istanbul, Turquie) : 91,25 millions de visiteurs

2. La Plaza de la Constitución, plus communément appelée El Zócalo (Mexico, Mexique) : 85 millions de visiteurs

3. Times Square (New York, États-Unis) : 50 millions de visiteurs

4e ea. Central Park (New York, États-Unis) : 40 millions de visiteurs

4e ea. Union Station (New York, États-Unis) : 40 millions de visiteurs

6. Las Vegas Strip (Las Vegas, États-Unis) : 30,5 millions de visiteurs

7. Le Meiji-jingu ou sanctuaire Meiji (Tokyo, Japon) : 30 millions de visiteurs

7 ea. Le temple Senso-ji (Tokyo, Japon) : 30 millions de visiteurs

9. Les chutes du Niagara (Ontario, États-Unis et Canada) 22 millions de visiteurs

10. Grand Central Terminal (New York, États-Unis) 21,6 millions de visiteurs

11. La basilique Nuestra Señora de Guadalupe (Mexico, Mexique) : 20 millions de visiteurs

12. Disney World (Orlando, États-Unis) : 18,59 millions de visiteurs

13. Faneuil Hall (Boston, États-Unis) : 18 millions de visiteurs

14. Disneyland Tokyo (Tokyo, Japon) : 17,21 millions de visiteurs

15. Disneyland (Anaheim, États-Unis) : 16,2 millions de visiteurs

16. La Cité interdite (Pékin, Chine) : 15,34 millions de visiteurs

17. Golden Gate National Recreation Area (San Francisco, États-Unis) : 14,28 millions de visiteurs

18. Tokyo Disney Sea (Tokyo, Japon) : 14,08 millions de visiteurs

19. Notre-Dame de Paris (Paris, France) : 14 millions de visiteurs

20. Golden Gate Park (San Francisco, États-Unis) : 13 millions de visiteurs

Que peut-on retenir de ces chiffres ? Tout d'abord, les surprenantes 1re et 2e places occupées par des sites touristiques inattendus (un marché et une place), qui n'occupaient que la 10e et 22e position en 2010 et sont localisés dans des pays eux-mêmes inattendus (la Turquie et le Mexique). Ensuite, l'écrasante domination des USA (comptabilisant la moitié des sites de la liste), la quasi-inexistence de la France, la présence de quatre parcs d'attractions (voire cinq si l'on compte Las Vegas, qui n'est finalement rien d'autre qu'un parc d'attractions pour adultes) et l'absence totale de musées. On notera enfin que des sites mythiques qui semblaient incontournables et indémodables, tels que la Grande Muraille de Chine, les pyramides d'Égypte ou la tour Eiffel, ne figurent pas dans ce classement.



## *TOURISME DE GUERRE*

Durant l'hiver 2012-2013, Toshifumi Fujimoto (un routier japonais de 45 ans) se rend seul en Syrie, où plus de 250 000 personnes ont déjà été tuées depuis le début de la guerre civile en 2011. Il n'est pas le chauffeur d'un camion affrété par une organisation humanitaire, encore moins un observateur de l'ONU ou un combattant islamiste venu de l'étranger faire le djihad : c'est juste un touriste d'un genre extrême, un « touriste de guerre ».

Originaire de la petite ville de Mima, au sud du Japon, l'homme n'en est pas à son coup d'essai. Il est déjà allé au Yémen et en Égypte lors des « printemps arabes », et avoue aimer les zones dangereuses car « c'est très excitant et la montée d'adrénaline est incomparable ». Intrépide ou inconscient, il ne porte ni casque ni gilet pare-balles, « inutiles » selon lui et trop lourds pour pouvoir courir vite sous une pluie d'obus. « Je ne suis pas une cible pour les tireurs embusqués car je suis un touriste, pas comme les journalistes. Et je n'ai pas peur qu'ils me tirent dessus ou me tuent. Je suis un mélange de samouraï et de kamikaze. »

Après avoir atterri en Turquie, il pénètre clandestinement en Syrie et prend la direction d'Alep, où il souhaite rencontrer des rebelles opposés à Bachar el-Assad. Pendant neuf jours, il partage leur quotidien, loue une chambre chez l'habitant et se rend chaque matin sur la ligne de front pour prendre des photos ou des vidéos qu'il poste sur Facebook. On le voit bras dessus bras dessous avec des combattants en train de crier « *Allah akbar!* », courant tête baissée pour traverser une rue à découvert, posant devant un bus incendié ou derrière les sacs de ciment d'une barricade, etc. Ce qu'il montre diffère peu de ce que photographient ou filment les journalistes professionnels couvrant le conflit (ils se retrouvent d'ailleurs aux mêmes postes d'observation). Ses images racontent la mort, la douleur, le désespoir, la tristesse, mettent en scène le quotidien dramatique de la population civile, mais laissent entrevoir aussi quelques sourires d'enfants et de nombreux *V* de la victoire optimistes de la part des rebelles.



Avec sa caméra high-tech, ses deux appareils photo aux téléobjectifs à rallonge, son uniforme et ses chaussures de l'armée japonaise, Toshifumi Fujimoto est loin du touriste en tongs-chemise-à-fleurs-bermuda. On pourrait le confondre avec un reporter de guerre. Il n'a certainement pas le talent de Robert Capa (qui aimait dire : « Si vos photos ne sont pas bonnes, c'est que vous n'êtes pas assez près »), mais il en a au moins l'audace ! Et peut-être aussi le côté voyeuriste ou, selon les différentes opinions, le besoin impérieux d'aller voir et vérifier le monde de ses propres yeux qui est depuis toujours une des motivations principales des voyageurs.

Quoi qu'il en soit, s'il reste encore extrêmement controversé, le tourisme de guerre n'a pas été inventé hier. On rapporte qu'en 1854 déjà, une certaine Fanny Duberly, femme d'un capitaine de l'armée britannique, se rendait régulièrement dans les zones de combat pour regarder les hommes s'entre-tuer. Et en 1861, au début de la guerre de Sécession, les membres du Congrès américain et leurs familles se seraient même donné rendez-vous pour pique-niquer et assister de loin à un dangereux spectacle « son et lumière » : le premier affrontement majeur entre le Sud et le Nord, la bataille de Bull Run !



## *TOURISTE*

Toujours l'autre.

Exemple : « *Je* est un voyageur ; *Tu*, un touriste. »

## *TOURS DU MONDE*

Le premier tour du monde est généralement attribué – à tort – au Portugais Fernão de Magalhães

(1480-1521), plus connu en France sous le nom de Fernand de Magellan. S'il était bien à la tête de l'expédition partie le 20 septembre 1519 pour découvrir un passage (le détroit qui porte désormais son nom) permettant de rejoindre par l'ouest les «îles aux épices» indonésiennes, l'explorateur lusitanien n'a jamais pu retourner à son point de départ, Sanlúcar de Barrameda en Andalousie. Il est mort aux Philippines, un an et demi avant que sa boucle ne soit bouclée, transpercé par les flèches empoisonnées des guerriers du roi Lapu-Lapu. Ce titre ne revient pas non plus à l'un des 35 survivants (sur les 237 membres d'équipage des cinq navires qui composaient la flotte de Magellan) ayant accompli le périple complet en revenant à bon port le 6 septembre 1522, parmi lesquels le capitaine Juan Sebastián Elcano – qui avait pris le commandement après la mort de Magellan – et surtout Antonio Pigafetta, l'auteur du journal de bord intitulé *Navigation & découvrement de l'Inde supérieure & îles de Malucque où naissent les clous de girofle, faite par Antonio Pigafetta, vicentin et chevalier de Rhodes, commençant en l'an 1519*, seule trace écrite de l'exploit de l'explorateur portugais et de ses hommes. Non, aucun de ces 35 marins professionnels et grands aventuriers n'est le premier à avoir accompli la première circumnavigation de l'histoire de l'humanité. Ironie du sort, ce privilège revient à quelqu'un qui aurait probablement préféré ne jamais partir de chez lui: l'esclave Enrique, de son vrai nom Panglima Awang, originaire soit de Malaisie soit des Philippines et acheté en 1511 par Magellan. Quand les bateaux débarquent sur l'île de Cebu en mars 1521, c'est lui qui est géographiquement le premier à être revenu à son point de départ, un an et demi avant que les Européens ne regagnent le leur!

Il faudra attendre cinquante-cinq ans avant que le corsaire Francis Drake entreprenne un nouveau périple autour du monde, réalisé entre 1577 et 1580 à la demande de la reine Élisabeth Ire d'Angleterre, qui entendait voler aux Espagnols les trésors que ces derniers avaient eux-mêmes volés en Amérique du Sud.

Deux siècles plus tard, en 1766, le comte Louis-Antoine de Bougainville (1729-1811) et son équipage sont les premiers Français à circumnaviguer autour de la terre. À bord de leur frégate *La Boudeuse*: un prince, un cartographe, un astronome et un botaniste du nom de Philibert Commerson, accompagné de son valet Jean Baré qui n'est autre que son épouse déguisée en garçon et qui devient, *de facto*, la première femme (et le premier travesti) à effectuer le tour du monde!



Un peu plus d'un siècle plus tard, en 1895, le Canadien Joshua Slocum réussira la première traversée de la planète en solitaire sur le Spray, un vieux bateau de pêche aux huîtres d'à peine 11 m de long.

Depuis lors, les records s'enchaînent et on ne compte plus le nombre de circumnavigateurs et autres «tourdumondistes» qui rivalisent de rapidité, d'inventivité et parfois d'humour pour se démarquer. Car si, au XXIe siècle, faire le tour du globe en avion est devenu simplissime, le faire en voiture, à moto ou même à vélo est devenu presque banal. Mais il y aura toujours quelques énergumènes pour nous étonner.

En 2001, sur les traces de David Lynch et de son film *Une histoire vraie* (basé sur l'histoire vraie d'un vieillard effectuant 500 kilomètres sur une tondeuse à gazon pour aller retrouver son frère malade), Christian

Hurault, chauffeur routier de 43 ans originaire d'Anjou, réalise le premier tour du monde au volant d'un Valtra, un tracteur finlandais de 80 chevaux. Il parcourt 35 000 kilomètres à une vitesse moyenne de 25 km/h, traversant 17 pays en onze mois.

En 2007, Kevin Michael Connolly, un Américain né sans jambes, fait le premier tour du globe en skateboard en photographiant tous les passants qui le regardent bizarrement.

En 2009, Andy Pag, une espèce de Professeur Tournesol britannique de 36 ans, parcourt 30 000 kilomètres et sillonne 25 pays au volant d'un vieil autobus scolaire Mercedes alimenté à l'huile de friture usagée.

En 2010, un groupe d'« éco-aventuriers », mené par le Suisse Raphaël Domjan, réussit en 585 jours la première circumnavigation de l'histoire sur un bateau fonctionnant uniquement grâce à l'énergie solaire.



En 2012, le Français Philippe Croizon relie les cinq continents à la nage alors qu'il n'a ni avant-bras ni membres inférieurs.

En 2013, deux étudiants de 22 ans – Alban Lanthier et Hugues Renou – achèvent le premier tour du monde à trottinette, à une vitesse moyenne de 40 kilomètres par jour à travers vingt pays pendant onze mois.

La liste est longue. On attend tout de même avec impatience la première traversée de l'Atlantique en solitaire sur une éponge, ou le premier tour du monde à mulet sans escale et sans foin.

## *TRAIN-TRAIN*

La hantise des voyageurs qui n'aiment ni bégayer ni faire du surplace. À l'origine (XVII^e siècle), le mot employé était « trantran », du néerlandais *tranten* qui signifie « traîner çà et là ». Selon le dictionnaire Littré, c'est à cause d'une confusion phonétique (les Français entendent le son « train » à la place du son « tran ») que l'orthographe a changé au cours du temps pour devenir « train-train ».

Exemple : « Mon train-train quotidien, je l'échangerais bien sur Troc des trains contre un aller-retour vers l'aventure ! »

## *TYPIQUE !*

L'adjectif préféré des agences de voyages et autres dealers de rêve professionnels ou amateurs. S'applique absolument à tout, et le point d'exclamation est obligatoire. Attention, si vous n'avez pas pu vous-même utiliser ce mot au moins une fois au cours de votre voyage, vous vous êtes fait arnaquer, vous n'étiez pas dans le bon pays.

Exemple : « À Bruxelles, on a mangé dans un petit resto typique avec une ambiance typique et des Belges typiques ! On aurait même pu entendre les moules-frites chanter du Brel ! »

# V



## *VALISE À ROULETTES*

La roue a été inventée vers 3500 av. J.-C.; elle est une des plus importantes révolutions technologiques de l'histoire des hommes. La valise, elle, date de la fin du Moyen Âge ; elle n'a pas autant bouleversé le monde, mais c'est un objet pratique et ingénieux. Pourtant, ce n'est que très longtemps après leurs apparitions respectives que les créatifs de la marque française Delsey ont pour la première fois l'idée de faire s'accoupler ces deux inventions : le système « Trolley » – avec des roulettes en plastique sous la coque et une poignée de traction télescopique – est né en 1972. Aujourd'hui, du touriste au businessman en voyage d'affaires en passant par le SDF et l'écolier, tout le monde (ou presque) a une valise à roulettes. Son principal avantage ? Plus de risque de se faire mal au dos et aux bras en la portant. Mais à quel prix pour les tympans et les tibias...

Il y a tout d'abord le bruit. Un bruit sourd et extrêmement agaçant qui ne ressemble à aucun autre, à mi-chemin entre la fraise exténuée d'un dentiste et le roucoulement d'un pigeon enroué. Dans une ruelle pavée, des escaliers ou les couloirs du métro, il est reconnaissable à 100 mètres. Au Moyen Âge, le moulinet des crécelles avertissait du passage prochain des lépreux et des pestiférés ; de nos jours, c'est le son des roulettes qui annonce l'arrivée des malades atteints de Samsonite aiguë. Avec eux, l'embouteillage sur les trottoirs est inévitable, et qui essaie de doubler s'expose à un autre danger potentiel : les coups dans les tibias et les orteils écrasés. En effet, aucun permis de tracter n'étant exigé, les propriétaires de bagages à roulettes sont si peu attentifs aux autres qu'ils les percutent dès la première manœuvre à peine compliquée – marche arrière ou virage à angle droit.

Et malheureusement, le futur proche ne réserve rien de rassurant dans le domaine de la bagagerie 2.0. Après la valise qui se transforme en trottinette mais dont le guidon ne tourne pas (elle n'est donc utilisable qu'en ligne droite...), le Chinois He Liangcai vient d'inventer la valise-scooter, un deux-roues à piles qui se déplace à 20 km/h ! Et en Espagne, le designer Rodrigo García González est même occupé à finaliser Hop, une valise Bluetooth. Grâce à des capteurs la reliant à un smartphone, elle suivra son maître toute seule comme un fidèle toutou. Si elle s'arrête toutes les cinq minutes pour renifler le derrière des autres valises, « on n'est pas rendu ! »



## *VAMOS A LA PLAYA*

Il fut un temps où la plage n'était qu'un bac à sable inutile au bord de l'océan, lui-même considéré comme un endroit effrayant, un territoire infini de vagues couleur noyade. « Inventée » et mise à la mode au XIXe siècle par les partisans de l'hygiénisme, qui préconisaient les bains de mer pour se maintenir en bonne santé, elle est désormais une destination en soi et constitue d'ailleurs le premier choix pour 50 % des Français qui partent en vacances (Institut CSA pour RTL en 2014). Symbole de l'hédonisme, des seins nus et du bronzage, ce haut lieu de la romance balnéaire est en fait... un cimetière! Car le sable blanc si prisé des amoureux ou des petits et grands constructeurs de châteaux est composé, outre les granules de roches désagrégées, de squelettes et de débris de coquilles d'organismes marins (foraminifères, étoiles de mer, etc.).

Parmi les plages les plus insolites: Barking Sands Beach ou « la plage du sable qui aboie », à Mendocino en Californie (lorsque l'on marche dessus, on entend un bruit étrange qui ressemble vaguement à un aboiement ou à un couinement); une plage des Maldives où la grève est éclairée la nuit par des phytoplanctons bioluminescents; une plage dont le sable noir issu de cendres de roches volcaniques est recouvert de petits cubes de glace, à Jökulsárlón en Islande; Glass Beach à Fort Bragg en Californie, une « plage de verre » constituée de tessons de bouteilles multicolores polis par la mer; Papakolea Beach à Hawaï, une plage de sable vert dont la couleur résulte de la présence d'un minéral appelé olivine; deux plages de sable rose à Big Sur en Californie et sur l'île d'Harbour Island aux Bahamas.



## *VIRUS DU VOYAGE*

Maladie imaginaire inventée par les blogueurs de voyage et autres apprentis explorateurs de terres inconnues. Contrairement aux autres virus, celui du voyage est, lui, toujours fièrement revendiqué.

Exemple: « J'ai fait l'amour avec une mappemonde et elle m'a refilé le virus du voyage. »

## *VOYAGE DE NOCES*

Seule forme communément acceptée de tourisme sexuel.

## *VOYAGE VIRTUEL*

Chaque matin, en vous levant, vous regardez par la fenêtre : toujours la même vue du même périphérique. Tout est gris dehors. Vous vous habillez très vite, vous sortez de la chambre et, tout seul, vous buvez votre café en rêvant aux panoramas magnifiques que vous aimeriez pouvoir admirer à la place. Le lac Jenny dans le parc national de Grand Teton aux États-Unis ; les fjords norvégiens vus depuis l'intérieur d'un train allant bon train le long de la péninsule scandinave ; un coucher de soleil sur le Golden Gate, le célèbre pont suspendu de San Francisco. Vous ne le savez peut-être pas mais avec Winscape, la fenêtre qui fait voyager grâce à la réalité virtuelle, tout cela est désormais possible !



Développée par la firme Rational Craft, cette nouvelle technologie est, selon ses concepteurs, relativement facile à installer et ne coûte « que » 3 000 dollars. Elle fonctionne avec un logiciel spécial (uniquement compatible avec Mac), deux écrans plats d'au minimum 46 pouces et un système de détection de mouvements comme sur les consoles de jeux, notamment la Xbox Kinect de Microsoft ou la Wii de Nintendo. Suspendus à un mur et encadrés par des châssis identiques à ceux des vraies fenêtres, les écrans diffusent des vidéos de paysages en HD qui « bougent » en même temps que celui qui les regarde.

Chaque fois que le spectateur se déplace dans la pièce, le logiciel recalcule son angle de vue et adapte l'image en conséquence. Il a donc vraiment l'impression d'observer ce qui se passe dehors ! Et il y a le son en plus ! Parmi les 20 films disponibles (tous visibles en version démo sur YouTube) : une prairie onctueuse paisiblement broutée par des vaches d'Altamont, un aquarium à méduses, la Terre vue depuis l'espace à bord de la navette spatiale Atlantis, une forêt californienne avec pleins de gazouillis d'oiseaux californiens en musique d'ambiance, etc.

La réalité virtuelle n'intéresse plus uniquement les geeks et autres amateurs de jeux vidéo. L'industrie du tourisme s'en est emparée et quelques-uns des grands acteurs du secteur – British Airways, Thomas Cook (*Voir Premier voyage organisé*) ou encore Marriott – ont bien compris le potentiel qu'elle recelait. Marriott, la chaîne hôtelière américaine spécialisée dans l'hébergement de luxe, a d'ailleurs récemment inventé un Teleporter, une cabine où ses clients peuvent visiter les plages hawaïennes en mode « immersion totale » avant de s'y rendre physiquement. Contrairement à Winscape, qui ne sollicite que la vue et l'ouïe, ici tous les sens sont mis en éveil. En plus de l'Oculus Rift placés sur les yeux (un masque 3D avec une vision à 360° diffusant des images qui bougent en fonction des mouvements du corps), le voyageur virtuel porte un casque sur les oreilles pour entendre les bruits des vagues et de la nature environnante. Le Teleporter est également équipé d'un diffuseur d'odeurs, d'un brumisateur, d'un ventilateur et d'une lampe solaire qui permettent d'accentuer encore l'effet de réalité jusque dans ses moindres détails météorologiques (pluie, vent et chaleur). Même le sol s'enfonce sous les pas du visiteur virtuel, comme s'il marchait sur du sable ! Pour l'instant simplement destiné à rassurer ses clients – ou à en attirer de nouveaux – en leur présentant un aperçu de ce qui les attend dans un établissement Marriott, le Teleporter pourrait peut-être rapidement devenir bien plus que ça : l'avenir du voyage low cost.

# *Abécédaire*

## *Q*



## *R*



## *S*

# *Pour compléter*

## *ROMANS ET RÉCITS*

CÉLINE Louis-Ferdinand, *Voyage au bout de la nuit*, Folio. Le premier roman, et peut-être le meilleur, d'un des plus grands écrivains du XXe siècle. Paru en 1932, le *Voyage* est un de ces livres qui ont changé la littérature. À lire absolument.

CENDRARS Blaise, *Bourlinguer*, Folio. Avec Cendrars, la fiction et la réalité se confondent. Il a fait de sa vie un roman et ces onze récits, qui portent tous le nom d'une ville (Venise, Naples, La Corogne, Bordeaux, Brest, Toulon, Anvers, Gênes, Rotterdam, Hambourg, Paris Port-de-Mer) en sont la preuve. À lire également, les trois autres volumes de ces mémoires qui, selon leur propre auteur, « sont des Mémoires sans être des Mémoires » : *L'Homme foudroyé*, *La Main coupée* et *Le Lotissement du ciel*.

CHATEAUBRIAND François-René, *Itinéraire de Paris à Jérusalem*, Folio Classique. Un des premiers voyages en Orient du XIXe siècle (effectué en 1807 et publié en 1811), où le récit de voyage est prétexte à une réflexion approfondie sur la question de la liberté politique. À lire également : *Voyages en Amérique et en Italie*.

HOMÈRE, *Odyssée*, Folio Classique. Datant probablement du VIIIe siècle av. J.-C. et probablement écrite par un Grec qui s'appelait probablement Homère, l'*Odyssée* conte le retour d'Ulysse chez lui après la guerre de Troie. Poème fondateur de la civilisation européenne, incontestablement l'un des plus grands chefs-d'œuvre de la littérature occidentale, on peut également considérer cette épopée comme le premier récit de voyage.

HOUELLEBECQ Michel, *Plateforme*, Flammarion. Roman ayant pour cadre la prostitution et le tourisme sexuel en Thaïlande, *Plateforme* est une réflexion sur la société libérale, sa brutalité et son amoralité. La conclusion de Houellebecq : la marchandisation illimitée de la sexualité à travers le monde est inéluctable. Lucide et drôle.



KEROUAC, Jack, *Sur la route*, Folio. Un des romans fondateurs de la *beat generation*. Une apologie des voyages, des grands espaces et des pérégrinations sans but précis, avec le jazz comme bande-son, dans l'Amérique de la fin des années 1950. Un livre de jeunesse mythique.

MICHAUX Henri, *Un Barbare en Asie*, coll. « L'Imaginaire », Gallimard. Récit d'un voyage en Asie où le poète belge, alors âgé de 32 ans, dresse des portraits de l'Inde, du Tibet, de la Chine, du Japon et de la Malaisie via des descriptions de scènes de rue et de spectacles, des considérations sur les langues, les mœurs et les religions découvertes. Dans une préface de 1967, Henri Michaux avouera que ce livre était finalement un voyage intérieur beaucoup plus qu'une exploration réelle.

STENDHAL, *Mémoires d'un touriste*, Folio Classique. Recueil de récits de voyages entre la France, la Suisse et l'Italie, où il n'est cependant question pour l'auteur que de se peindre soi-même. Pour Henry Beyle, il ne s'agit pas de décrire objectivement les endroits qu'il visite mais de faire son autoportrait en « touriste », mot nouveau à l'époque et que son livre contribuera à faire entrer dans la langue française. À lire également : *Rome, Naples, Florence.*



STEVENSON Robert Louis, *Voyage avec un âne dans les Cévennes*, coll. GF, Flammarion. Récit de voyage publié en 1879 où l'écrivain écossais relate sa randonnée à travers les Cévennes à pied et juste accompagné par son ânesse Modestine. L'itinéraire emprunté est désormais intégré au réseau des chemins de grande randonnée sous le nom de GR 70, également appelé « chemin de Stevenson ». À lire également : *L'Île au trésor.*

VERNE Jules, *Le Tour du monde en 80 jours*, Hetzel. La célèbre course autour du monde de Phileas Fogg et de Jean Passepartout, entre récit de voyage et considérations scientifiques à l'époque de la révolution industrielle. Un roman d'aventures indémodable d'un maître du genre, publié en 1872. À lire également : *Cinq semaines en ballon*, *Les Enfants du capitaine Grant*, *De la Terre à la Lune*, *L'Île mystérieuse*.

## *ESSAIS*

AIRAULT Régis, *Fous de l'Inde*, coll. « Petite bibliothèque », Payot. L'Inde rendrait-elle fou ? Le psychiatre Régis Airault, longtemps en poste au consulat de France à Bombay, décrit et définit le syndrome indien qui touche parfois les Occidentaux se rendant dans ce pays.



AMIROU Rachid, *L'imaginaire touristique*, CNRS éditions. Qu'est-ce qui nous pousse à partir et que faisons-nous en réalité quand nous pensons voyager ? Rachid Amirou montre combien les stéréotypes exotiques ont une fonction essentielle dans notre appréhension de l'inconnu. Une exploration ambitieuse de l'imaginaire touristique et de ses arrière-mondes, menée par le sociologue préféré de Michel Houellebecq.

ANDRIEU Bernard, *Bronzage, une petite histoire du soleil et de la peau*, CNRS éditions. S'intéressant à l'histoire des pratiques corporelles dans nos sociétés, Bernard Andrieu considère que la mode du bronzage, aujourd'hui indissociable des voyages et des vacances, est le résultat d'une lutte d'influence entre trois courants de pensée : la psychanalyse, la phénoménologie et les sciences cognitives.

AUGÉ Marc, *L'Impossible Voyage (Le tourisme et ses images)*, coll. « Petite bibliothèque », Rivages. Série de textes sur la « nostalgie du voyage de découverte que nous ne ferons jamais plus et qui aurait pu nous ouvrir l'espace de la rencontre et des autres, un voyage qui a tourné court et menace aujourd'hui de s'achever dans le stéréotype généralisé de la fiction urbaine ».

BARTHES Roland, *Mythologies*, Points. Essai sur les mythes (parmi lesquels le tourisme) qui nourrissent notre vie quotidienne, où l'auteur tente de « réconcilier le réel et les hommes, la description et l'explication, l'objet et le savoir ».

BAYARD Pierre, *Comment parler des lieux où l'on n'a pas été ?*, Éditions de Minuit. Essai consacré aux « voyageurs casaniers » (écrivains, anthropologues, journalistes, sportifs, etc.) qui ont décrit avec minutie des endroits où ils ne sont jamais allés.

BRUCKNER Pascal et FINKIELKRAUT Alain, *Au coin de la rue, l'aventure*, Le Seuil. Essai sur l'aventure dans le quotidien. « Le destin de l'homme quelconque, notre destin à tous, c'est d'être de plain-pied dans la quotidienneté et dans l'aventure. » Le chapitre « Lundi, Les voyages forment la jeunesse mais déforment les pantalons » traite directement du voyage et du tourisme.

COUSIN Saskia et RÉAU Bertrand, *Sociologie du tourisme*, La Découverte. Comment penser ensemble les dimensions sociales, culturelles et politiques du tourisme ? Croisant les apports de la sociologie et de l'anthropologie, les auteurs analysent les pratiques et les motivations des touristes, décryptent les enjeux des marchés et des métiers et exposent le rôle prépondérant du tourisme dans les transformations sociales et les processus de globalisation.



LÉVI-STRAUSS Claude, *Tristes tropiques*, coll. « Terre humaine », Plon. Publié en 1955, *Tristes tropiques* est le récit de voyage d'un anthropologue, parsemé de réflexions philosophiques et de théories sur la sociologie, la géologie, la musique ou la littérature. Best-seller traduit en 27 langues, son *incipit* « Je hais les voyages et les explorateurs » est devenu un classique.

MEHRAN, Alfred, *The terminal man*, Corgi books. L'autobiographie de Sir Alfred, l'homme qui a vécu pendant seize ans dans le terminal 1 de l'aéroport de Roissy-Charles De Gaulle. Écrit sur une banquette, le style s'en ressent mais l'histoire reste incroyable et la folie douce. À lire de préférence dans un aéroport en mangeant un *filet-o-fish*.

ONFRAY Michel, *Théorie du voyage, poétique de la géographie*, Le Livre de Poche. Essai sur le voyage, surtout intéressant pour son analyse du nomadisme et de la sédentarité.

ORY Pascal, *L'Invention du bronzage, essai d'une histoire culturelle*, Éditions Complexe. Comment et pourquoi les codes de l'apparence ont changé dans les années 1930, passant du blanc marmoréen à la patine du bronze. En analysant les contextes politico-idéologiques de l'entre-deux-guerres à nos jours, Pascal Ory en déduit que le soleil a encore de beaux jours devant lui... et devant nous.

URBAIN Jean-Didier, *L'Idiot du voyage, histoire de touristes*, coll. « Petite bibliothèque », Payot. Essai qui a pour projet de réhabiliter le touriste et dont le sous-titre aurait pu être, d'après l'auteur lui-même, *Défense et illustration du touriste*. À contre-courant de la pensée commune qui, en vertu d'une longue tradition de mépris, fait du touriste un mauvais voyageur, Jean-Didier Urbain analyse et démonte les idées reçues qui poussent à dénigrer le soi-disant touriste et à encenser le soi-disant voyageur.

*Secrets de voyage, menteurs, imposteurs et autres voyageurs impossibles*, coll. « Petite bibliothèque », Payot. Essai qui analyse trois différentes formes de secrets de voyage : ce que l'on cache du voyage, le voyage que l'on cache et ce que le voyage cache, y compris au voyageur lui-même.

*Au Soleil. Naissance de la Méditerranée estivale*, Payot. Dans ce livre, Jean-Didier Urbain se penche sur un moment de profonde mutation de la société et des mentalités : celui où, en Europe, on s'est mis à aimer le soleil plutôt que la lumière.

## *BIOGRAPHIE*

ZWEIG Stefan, *Magellan*, coll. « Les Cahiers rouges », Grasset. Le destin héroïque de Fernão de Magalhães (connu en France sous le nom de Magellan), l'homme qui a vaincu le Pacifique, forcé le détroit qui porte aujourd'hui son nom et qui est à l'origine de l'expédition qui accomplira le premier tour du monde de l'histoire de l'humanité.

*Dépôt légal : premier trimestre 2016*
*Imprimé en Espagne*